李商隐集

〔唐〕李商隐 著

张一南 编校

山東文藝出版社

本诗选以刘学锴、余恕诚《李商隐诗歌集解》（中华书局，1988年版）为底本

目录

伤悼之诗

（四十至四十四岁）

李商隐小传——党争夹缝中的唯美诗人

唐文宗大和三年（公元 829 年），洛阳城中，年近花甲的文坛泰斗白居易对一个十六岁年轻人的作品赞赏有加，感叹地说："老夫下辈子要是能托生成这个人的儿子，就心满意足了。"不知白居易这句话是有几分真心，抑或只是对一个年轻后辈的客气称许，不过，这个年轻人后来的确成为中国文学史上一颗耀眼的明星，名气并不在白居易之下。他就是在晚唐开一代风气，被誉为唐诗殿军的李商隐。

弃古文，习骈文

李商隐是李唐皇室的后裔，但到他这一代，他家早已是远得可以忽略不计的支系了。李商隐家祖辈都是在州县里当小官的，他的父亲就是个县令，后来罢官，辗转于浙江一带，给人做幕僚。李商隐小的时候，一直跟着父亲到处漂泊。十岁的时候，父亲去世，李商隐便回到老家荥阳，给父亲守丧。

身为长子的他，肩负起了照顾母亲、姐姐和弟妹的重任，更成为一家人过上好日子的希望所在。读书之余，李商隐还不得不到处打工，帮人抄书，甚至干帮人卖米的力气活，来补贴家用。

好在李商隐是个很“争气”的孩子，自幼表现出很高的天分，五六岁就开始学习儒家经典，到了十五六岁的时候，已凭借“古文”的创作得到老先生们的称赞。看起来，李商隐靠读书出人头地的梦想并不是虚无缥缈的。

不过，李商隐并不是一个只知死读书的乖小孩。虽然读经、写“古文”可以得到大人的夸奖，但他自己并不太喜欢这一套，自称“常悒悒不快”。他常常想，周公、孔子是人，我也是人，难道只有他们懂得“道”，我就只能跟着他们的标准转吗？

当时的读书人流行“干谒”，年轻人要到大城市去拜见有名望的大人物，如果能得到文坛的普遍认可，特别是受到某个显赫人物的赏识、培养和提携，会对获得功名大有好处。所以年轻的读书人都要拿着自己的文章、诗，甚至小说，去给大人物看，希望对方了解自己的才华。李商隐也不例外，十六岁的时候，他跑到洛阳去“干谒”。本文开头提到的白居易对他的称许，就发生在这个时候。白居易的称许令李商隐终生难忘，后来他有了儿子，就真的给儿子取小名叫“白老”。只可惜这个“白老”天资很差，李商隐的另一个儿子倒是很聪明。大家开玩笑说，这个不是白老，聪明的那个才是白老。

在洛阳，李商隐遇到了他的恩师令狐楚。令狐楚当时是洛阳的高官，也是当时“雅正派”的文学领袖。令狐楚很欣赏李商隐的才华，把他收留在自己家里，和自己的儿子们一起培养。后来令狐楚到外地去做官，李商隐也一直跟在他身边。

当时的文章有两种。一种叫“骈文”，写作规则比较多，十分讲究文采，也很考验学识，风格华丽而感情相对内敛；一种叫“古文”，不太讲究规则，往往长于出奇制胜，感情比较奔放，不怕说过头话。骈文比较传统，在当时少说也已经有几百年的历史了。当时官方的正式文体就是骈文，因为它比较华美典雅。当时的科举考试也考骈文，因为骈文有规则，见学问，考试的时候比较好衡量。至于古文，虽然带个“古”字，但是写成这个风格的古文，却是近几十年才流行起来的。说是“复古”，但这里面究竟有多少东西是“古”的，有多少是新一代文人的创造，就很难说了。实际上，古文是当时中下层文人中流行的一种新文体。古文适合用来发议论，不可否认，一流的古文家用古文发表了不少真知灼见。但也有不少没什么高见的小文人，为了在干谒时给人留下深刻印象，故意写古文、说大话，发表一些不切实际的议论，去博得大人物的欣赏，以期换取功名。这对有真才实学的文人其实是不公平的。而且，这些“古文家”时常发表一些过激的言论，也引起了朝廷的警觉和不满。李商隐十五六岁时写的就是这种古文。

作为老师，令狐楚教李商隐写的是骈文而不是古文。令狐楚是一位德高望重的高官，一位谦谦君子，他自己就是写骈文的，而且是朝廷内雅正派的领袖，他能教给弟子的自然是骈文。而且从功利的角度讲，李商隐是要参加科举考试的，科举考试考的就是骈文；将来李商隐还要做官，在唐朝做官也必须会写骈文。这样，李商隐就抛弃了古文，跟着令狐楚写骈文。很快，李商隐的骈文就写得很好了。令狐楚对这个弟子十分得意，经常让他代为起草重要的公文。令狐楚还带着李商隐出席重要的场合，当时满座宾客都是朝中要员，只有李商隐是没有功名的年轻人。很多年后，李商隐还满怀感激地写到当时的情景。

得到名师指点的李商隐，写得一手漂亮的骈文，他面前的仕途似乎应该是一帆风顺了。然而，现实却要残酷得多。

党争旋涡

很不幸，李商隐身处的时代是一个党争的时代，他的恩师令狐楚也是党争中人，因此，李商隐的人生无可避免地受到了党争的影响。

唐代实行科举制。考官出题，考生当场写作诗文，以诗文的优劣评定是否及第，及第便可以做官。科举制是一种相对公平的选官制度，看重的是个人的才学。从理论上说，贫寒人家的子弟，只要在科举考试中表现出色，就可以出人头地；贵族士大夫的子弟，如果在科举考试中表现不佳，同样会被淘汰。但是，科举制也有它的弊端。一个显著的问题就是，一道试题其实很难全面地衡量一个人的素质，也不排除有人会为了求取功名而畸形发展，长于应试却缺乏其他能力。在科举时代，时常会有道德水平或处事能力偏低的人通过科举做了官，有真才实学者却屡试不第的情况。而更早的制度是贵族推荐制，贵族的子弟和门生可以从小受到比较好的教育，在人格和政治经验方面受到有针对性的培养，贵族也可以长期、全面地观察其子弟的贤愚，从众多的子弟中挑选贵族中的精英。所以，有人认为，应该为推荐制留出适当的空间，弥补科举制的不足。在当时，持这种观点的人以李德裕为首，称为“李党”。其反对者以牛僧孺为首，称为“牛党”，牛党认为，必须严格执行科举制，以保证公平。

应该说，这两派的意见都是有道理的。牛党的主张有利于大多数勤奋上进的普通人，尤其为平民子弟提供了更多的机会；而李党的主张则有利于天才的生存，尤其有利于教育背景较好的精英。

牛党和李党的争论不可避免地扩展到了科举以外的领域。

总的来说，牛党维护贫寒士人的利益，李党维护书香门第的利益。但在很多时候，牛党和李党的争论都陷入了意气之争，双方都对对方存有不少的偏见，因此，在党争中说出的话，大多禁不住认真听，不可能真的作为朝廷政策来实施。

李商隐的老师令狐楚出身并不显赫。“令狐”在当时是个小姓，人很少，没什么权势。令狐楚身居高位后，考虑到令狐家族的弱势，很注意提携本家族的人。据说，当时一些姓胡的人，都特意改姓令狐，冒充令狐楚的族人，希望得到提携。与李商隐齐名的温庭筠有一句诗说“自从元老登庸后，天下诸胡悉带铃（令）”，就是打趣这件事的。令狐楚出身寒微，属于牛党保护的那种人，而令狐楚本人也的确是牛党中人。只不过，令狐楚处事比较谦和，不像牛党的某些成员那么极端，后来他也主动到外地去做官，避开了朝中的纷争，不是牛党的核心成员。但另一方面，令狐楚又分明具备了足以提携子弟的权势，他提携亲族的做法，实际上是为李党赞许而被牛党反对的。令狐楚本人不是贵族出身，但他家族的子弟已经是贵族出身了。

在牛李党争中，李商隐的身份比较暧昧。一方面，他也是贫寒人家的子弟，想通过科举谋取功名，本应是牛党喜欢的人；另一方面，他从很年轻就处于令狐楚的保护之下，在取得功名之前就早早熟悉了官员应具备的一切技能，实际上更像李党喜欢的人。

李商隐从二十岁就开始到长安应举，但令狐楚的庇护并未使他很容易地平步青云。直到二十六岁，他才考中了进士。就在这一年，令狐楚去世了，李商隐从此失去了恩师的保护。

令狐楚去世后，李商隐在牛党中已经举目无亲，而李党却对这位早已名声在外的青年才俊伸出了橄榄枝。就在令狐楚去世的第二年，李商隐做了一件让令狐楚的儿子们终身无法原谅的事——娶了李党中人王茂元的女儿。令狐楚的儿子令狐绹认为李商隐背叛了令狐家，几乎与这位情同手足的好友绝交。

在今天的人看来，和谁结婚完全是自己的私事，跟“背叛恩师”扯不上关系。但是在封建社会，贵族可以荫庇的除了自己的儿子，也包括女婿和门生。对于李商隐这样无法依靠生父的读书人来说，选择老师或岳父，不啻第二次投胎的机会。王茂元招李商隐做女婿，应当是出于他本人对李商隐的欣赏，而不会只是他女儿爱上了李商隐这么简单。李商隐本是牛党的门生，却做了李党的女婿，确实有些背叛的味道。在令狐绹看来，父亲尸骨未寒，这个李商隐就另攀高枝、洞房花烛去了，简直是个忘恩负义的小人。不过，李商隐这么做，应该不是简单的趋炎附势。像他这样以天赋见长而不以勤勉见长的青年，本来就不讨牛党的喜欢，归于李党只是迟早的事。

在依靠李党之后，李商隐的心情也是很矛盾的，他并没有忘记已经故去的牛党恩师的情义。他曾在诗中模拟一位再嫁的贵公主的口吻写道："笑啼俱不敢，几欲是吞声。"离异再嫁的女子，心中怀念着前夫的恩爱，所以笑不出来；但面对新丈夫无微不至的关怀，她又不能哭，只能把千言万语咽回肚子里去。李商隐写的是贵公主，却用上了自己的人生经验。从这句诗中，可以看出李商隐徘徊于两党之间的矛盾心境。

艰难的坚守

李商隐做了王茂元的女婿后，过了一段好日子。他很快得到了一个新科进士所能获得的最为清闲、体面的职位，秘书省校书郎。秘书省是当时国家的藏书馆，李商隐在那里接触了大量的古籍，读到了很多南朝文学家的集子。其中那些唯美的骈文和诗，是他的老师令狐楚也不曾教授给他的。李商隐如饥似渴地从古籍中汲取营养，他的骈文和诗写得越来越好，形成了在晚唐别具一格的唯美风格。

在中国传统的观念中，女性是卑贱的，不配被写进高雅的诗篇，而爱情更是下流的，简直不可以被提及。李商隐却在南朝的诗集中发现，原来诗中的女性、爱情可以这样美。眼前温柔可人的新婚妻子，古代诗歌中风姿绰约的女主角，种种美好的女性形象叠印在一起，促使他敢于用诗笔尽情地歌颂女性，歌颂爱情，歌颂美。在南朝人的基础上，李商隐又有自己的创造。他不满足于肤浅地夸耀女性的外表美，而是致力于发掘女性的内心。在他笔下，女性与男性士人一样，具有丰富而高贵的情感，懂得忠诚于所得，怨慕于失落。

李商隐写了很多无题诗，没有题目，不告诉人背景，只呈现美丽的形象和情感，好像路过的陌生女子，你无须知道她的姓名也可以欣赏她的美。南朝诗歌的美丽意象在他的诗中闪现，但又得到了升华，比如这首：

相见时难别亦难，东风无力百花残。
春蚕到死丝方尽，蜡炬成灰泪始干。
晓镜但愁云鬓改，夜吟应觉月光寒。
蓬山此去无多路，青鸟殷勤为探看。

——《无题》

“相见时难别亦难”，语言流畅易懂，其中的思路却是柔肠百转，耐人寻味，同时用上“东风无力百花残”这样柔媚哀伤的景色陪衬，这两句是民歌的写法。“春蚕”两句也是借鉴了南朝的民歌。蚕吐尽了丝就要死了，烛泪流干了蜡烛就烧成灰了，这是事实，也是平民女子日常见到的景象，而用“丝”谐音“思”，用烛泪借作眼泪，是南朝民歌常用的手法。李商隐这样来写相思至死方尽，眼泪至死才干，表现了对理想爱情的极度执着。这种民歌的手法，本来是不怎么识字的平民男女用的，在满腹经纶的士大夫眼中是很俗的，李商隐却公然把它用在地位崇高的近体诗中，而且用得那么美。这种“死了都要爱”的热烈表白，一般也只存在于民歌里，士大夫会嫌这样“没出息”。由此可见李商隐在艺术上的大胆，也可见他是不大可能讨士大夫喜欢的。“晓镜”二句，是南朝文人诗中的常见形象：在铜镜前梳理秀发的佳人，拭去眼泪，画上精致的妆容；在窗前徘徊吟诗的女子，月光为她丰腴的双臂镀上圣洁的色彩。但是，李商隐不满足于只写一个美丽的形象，而是要在形象中写出情感。他笔下的美人，懂得为年华流逝而忧愁，知道月光的寒冷，拥有同男性士人一样伟大的灵魂。李商隐称她所居之处为仙山，希望有灵性的青鸟能为自己引路。这种对女性的理解、尊重甚至崇拜，正是李商隐高出南朝诗人的地方。在对女性情感的细腻体察中，李商隐似乎总能融入自己的情绪和经验。李商隐敢于写爱情，写的又不仅仅是爱情。千百年来，无论是痴男怨女还是仁人志士，都能在李商隐的诗中找到自己的写照。

唐代道教盛行，修习道术是当时读书人的一种时尚。在唐代，男诗人跟女道士谈恋爱是颇为常见的风流韵事。中晚唐的社会风气比较开放，而道教的追求是长生与极乐，宗教禁忌也相对不那么严格。女道士生活比较自由，文化水平也比当时的一般女性要高，因而成为唐代才子们理想的恋爱对象。女道士们的倩影深深地烙印在一代又一代少年诗人的内心深处，对他们的人生产生了深远的影响。李商隐写诗的时候能对道教的传说、典故信手拈来，或许，他也曾与女道士有过一些交往。

李商隐的诗经常提到男性凡人与仙女的恋爱，其中或许移植了爱慕女道士的情感经验，比如这首：

> 对影闻声已可怜，玉池荷叶正田田。
> 不逢萧史休回首，莫见洪崖又拍肩。
> 紫凤放娇衔楚佩，赤鳞狂舞拨湘弦。
> 鄂君怅望舟中夜，绣被焚香独自眠。
>
> ——《碧城三首　其二》

女神的身影和声音都是那么可爱，美丽的形象与盛开的荷花相互辉映。女神啊，你要是没有遇到像萧史这样配得上你的一流男神，可不要随便动心，可不要去跟洪崖这样次一等的男神去轻浮地调笑。女神戴着华丽的佩饰，娇媚如紫凤；弹奏着流行的曲调，狂放如赤龙。而我恋慕着女神，正像古代传说中卑贱的撑舟人恋慕着高贵的王子那样，痴情而毫无希望，只能夜夜惆怅地遥望，盖着精心准备的被子独自进入梦乡。在这首诗里，女神是毫不寂寞的，她身边不缺乏各路男仙的陪伴，生活奢侈而丰富多彩。李商隐自己的形象却显得那么卑微、痴情而落寞，他甚至不敢期待自己也有爱的权利，而只能把女神的爱人想象为另一个高不可攀的仙人“萧史”。这个女神的形象，很像晚唐女道士生活的写照。

李商隐的后半生过得却并不好。他在秘书省度过短暂的惬意生活之后，到地方上做过县尉，又做过岳父的幕僚，后来又先后给牛党的周墀、李党的郑亚和卢弘正做幕僚，偶尔回到秘书省，做个小小的正字。李商隐大多数时候是为李党服务，但也偶尔被牛党的人收留，辗转漂泊，到处做一些芝麻绿豆的小官，品级还比不上他那早逝的县令父亲。与人们早年对这位少年天才的期许相比，李商隐现实中的境遇实在太令人失落了。李党的背景并没有给他什么有效的帮助，究其原因，除了李党在牛李党争中渐落下风以外，恐怕更重要的还是李党对这位写艳诗的成员十分失望，不愿给予帮助。

中规中矩的骈文，以及与之相似的近体诗，适合用于考试，因此得到强调规则的牛党的青睐。李党则觉得只写这种用于考试的文体，未免太没有个性，因而喜欢写古文、古体诗的人，并希望他们用古文、古体诗去直接批评朝政。李商隐的诗文，虽然早已不是牛党欣赏的那种，但在李党看来，不过还是写骈文、近体诗而已。他们看不到李商隐诗中张扬的个性，不懂得欣赏文学的美，而只觉得他像牛党一样循规蹈矩，不肯放下牛党的老师教给他的文体。更何况李商隐那么爱写女性和爱情，只关注人的内心情感，而不喜欢在诗里讨论政治，即使讨论，也是用写女性和爱情的语言去曲折地讽喻，这是令李党很不满意的。李党觉得李商隐没有议政的胆子，只会写点哥哥妹妹的情话，没出息，所以不肯重用他。其实，且不说李商隐的诗本来很有见识，只是当时的人读不懂，就算李商隐真的只写哥哥妹妹的诗，这跟他有没有政治才能又有什么关系呢？所以，李商隐长期沉沦下僚，是很冤屈的。为此，李商隐在写到古代诗人曹植时，借古讽今地写道："君王不得为天子，半为当时赋洛神。"原来曹植当不了皇帝，就是因为他会写《洛神赋》啊！

当时，也有人劝李商隐，为自己的前途着想，干脆放弃骈文，重新写古文算了。对此，李商隐只是一笑置之。李商隐有自己的艺术追求，不会因世俗的功利目的而放弃。历史证明，李商隐的选择是正确的，人们都记得一个唯美的李商隐，却不会有人记得与他同时代的那些古文末流。

最后，李商隐做到的最高职位是盐铁推官，是七品官，刚刚达到他父亲的高度，仍然没有摆脱下级官吏的身份。四十七岁那年，他辞去了官职，不久就离开了人世。晚唐的政坛终究没有给这位才名赫赫的唯美诗人留出一个位置。

比起其璀璨的文字，李商隐的人生显得太黯淡了。然而，李商隐却用他对艺术追求的坚持，从黯淡的人生中提取了最唯美的诗文，为唐代文学画卷添上了绚烂的一笔。在晚唐这个党派纷争、失去方向的时代里，这种坚持显得尤为可贵。

李商隐的一生，没有什么明显的大起大落，加上他的诗作风格隐晦朦胧，使得他的作品往往难于精确系年。旧时的学者往往以他的作品牵强附会当时的政坛大事，这种做法也是不可取的。本书将李商隐的人生分成几个阶段，将他的作品分为几种类型，每个阶段对应一个类型，也就是李商隐在这个阶段最倾向于创作的类型。对于难以准确系年的作品，都按类型编入相应的阶段。本书的诗歌排序并非无争议的诗歌系年，只是提供一种可能的情形。

李商隐早年倾向于创作模拟之诗。最初是模仿元和古体诗、模仿李贺，师从令狐楚之后，改为准备科举考试所需的省试诗，模仿宫体诗。进入秘书省后，他在长安过上了“清狂从事”的生活，书写在长安的生活，特别是写了一些与官妓酬赠的艳情诗；又因为博览古籍，增长了学识，所以开始大量创作咏史诗。这两类诗，均编入“兰台之诗”，其中，咏史诗无法系年，只按所咏对象的年代排列。离开秘书省入幕桂林时，李商隐写作了一批流寓之诗，以桂林及其周边地区的独特风物为标志。妻子去世后，又有一批与悼亡有关的伤悼之诗；一些诗意朦胧而情绪哀痛的作品，也归入这类；妻子去世不久，李商隐就到蜀中入幕，他的哀痛之诗大多作于蜀中，一些反映了蜀中风物的作品，也归入这类。另有一些抒发人生感慨的诗，特别是写作地点为长安的，姑且认为作于其人生的最后阶段。

模拟之诗

（二十八岁以前）

得到名师指点的李商隐，写得一手漂亮的骈文，他面前的仕途似乎应该是一帆风顺了

夕阳楼[1]

在家乡的登临之作。尚未离开家乡，当是少年，但已有莫名的忧愁。

花明柳暗绕天愁，上尽重城更上楼。
欲问孤鸿向何处，不知身世自悠悠。

1. 夕阳楼：在李商隐的家乡荥阳。

韩碑[1]

李商隐在遇到令狐楚之前，主攻古文古诗。
此诗是李商隐现存最典型的七言古诗，一韵到底，声调古拗。
写元和时代的旧事，也学元和时代的文体。

元和天子[2]神武姿，彼何人哉轩与羲[3]。
誓将上雪列圣耻[4]，坐法宫[5]中朝四夷。
chū pí
淮西有贼五十载，封狼生貙貙生罴。
不据山河据平地，长戈利矛日可麾。
帝得圣相[6]相曰度[7]，贼斫不死神扶持。
腰悬相印作都统，阴风惨澹天王旗。
愬武古通[8]作牙爪，仪曹外郎[9]载笔随。

---

1. 韩碑：即平淮西碑，碑文为韩愈所作。
2. 元和天子：即唐宪宗。
3. 轩与羲：轩辕与伏羲。
4. 列圣耻：安史之乱以来几代皇帝所蒙受的耻辱。
5. 法宫：处理政事的正殿。
6. 圣相：符合儒家理想的宰相。
7. 度：即当时的宰相裴度。
8. 愬武古通：指李愬、韩公武、李道古、李文通。这四人都是唐军的将领，在平定淮西之乱时立下功劳。
9. 仪曹外郎：指李正封、冯宿、李宗闵。这三人是参与平定淮西之乱的文官。

行军司马[1]智且勇，十四万众犹虎貔。

入蔡缚贼献太庙，功无与让恩不訾（zī）。

帝曰汝度功第一，汝从事愈宜为辞。

愈拜稽首蹈且舞，金石刻画臣能为。

古者世称大手笔，此事不系于职司。

当仁自古有不让，言讫屡颔天子颐。

公退斋戒坐小阁，濡染大笔何淋漓。

点窜尧典舜典字，涂改清庙生民诗。

文成破体书在纸，清晨再拜铺丹墀[2]。

表曰臣愈昧死上，咏神圣功书之碑。

碑高三丈字如斗，负以灵鳌蟠以螭。[3]

句奇语重喻者少，谗之天子言其私。

长绳百尺拽碑倒，粗砂大石相磨治。

公之斯文若元气，先时已入人肝脾。

---

1. 行军司马：即韩愈。
2. 丹墀：皇宫中红色的台阶。
3. “负以”句：底座雕成驮石碑的乌龟，碑首雕成盘着的龙。

汤盘孔鼎[1]有述作，今无其器存其辞。

呜呼圣皇及圣相，相与烜赫流淳熙[2]。

公之斯文不示后，曷与三五[3]相攀追。

愿书万本诵万过，口角流沫右手胝。[4]

传之七十有二代，以为封禅玉检明堂基。

1. 汤盘孔鼎：指上古流传下来的珍贵铭文。汤盘，商汤的沐浴用具，上有铭文。孔鼎，为纪念孔子的先祖正考父制作的鼎，上有铭文。这里是说，韩愈写的碑文，会像汤盘孔鼎上的铭文一样永世流传。
2. 淳熙：风俗淳朴和谐，指太平盛世。
3. 三五：三皇五帝。
4. “口角”句：口角流出唾沫，右手生了茧子。形容反复诵读、反复誊抄。

海上谣

李商隐有一些歌行颇有李贺神韵，兼具凄美与奇古，或是少作。

桂水[1]寒于江，玉兔秋冷咽。
海底觅仙人，香桃如瘦骨。[2]
紫鸾不肯舞，满翅蓬山雪。[3]
借得龙堂宽，晓出揲（shé）[4]云发。
刘郎[5]旧香炷，立见茂陵[6]树。
云孙[7]帖帖卧秋烟[8]，上元细字[9]如蚕眠。

1. 桂水：月中之水，故曰“寒于江”，并非指广西的桂水。这里是作者的奇特想象。
2. “香桃”句：桃花像很瘦的人一样憔悴。
3. “紫鸾”二句：紫色的鸾凤因寒冷而不肯飞舞，翅膀上落满了来自蓬莱仙境的雪花。
4. 揲：清点一根一根的物体。
5. 刘郎：指汉武帝。传说他曾于七夕焚香等待王母降临。
6. 茂陵：汉武帝的坟墓。
7. 云孙：即天孙，仙女。一说指自己的九世孙。
8. 卧秋烟：言其遥不可及。
9. 上元细字：王母、上元夫人等女仙传授的神书。

射鱼曲

这是一首古体诗，不是七律。
南方少数民族劳动者费尽力气捕到的珍奇的鱼，被远送到汉宫中养起来，供垂钓、烹饪之用，令人颇为感慨。
这样的构思，也借鉴了李贺的某些作品。

思牢[1]弩箭磨青石，绣额[2]蛮渠[3]三虎力。
寻潮背日俟泅鳞，贝阙[4]夜移鲸失色。
纤纤粉簳（gǎn）[5]馨香饵，绿鸭[6]回塘养龙水。
含冰[7]汉语远于天，何由回作金盘死。

---

1. 思牢：传说中的南方古国，盛产可做武器的竹子。
2. 绣额：在额头上刺花纹。
3. 蛮渠：南方少数民族。
4. 贝阙：想象中的水府。
5. 簳：小竹。这里指竹制的钓竿。
6. 绿鸭：形容池水翠绿，像绿头鸭头上羽毛的颜色。
7. 含冰：唐代宫殿名。

燕台诗四首·春

《燕台诗四首》是李商隐少年时的作品，大致是李贺体，但比李贺体规整。四首诗分别以春、夏、秋、冬命名，写四季的景物。诗的旨意朦胧难解，可能是对应爱情从发生到破灭的四个阶段。

这首诗用春景写爱情的发生，朦胧纷乱，充满了不确定因素。

风光冉冉东西陌，几日娇魂寻不得。

蜜房羽客类芳心，冶叶倡条[1]遍相识。

暖蔼辉迟桃树西，高鬟立共桃鬟齐。

雄龙雌凤[2]杳何许，絮乱丝繁天亦迷。

醉起微阳若初曙，映帘梦断闻残语。

愁将铁网罥(juàn)[3]珊瑚，海阔天翻迷处所。

衣带无情有宽窄，春烟自碧秋霜白。

研丹擘石天不知，愿得天牢锁冤魄。

---

1. 冶叶倡条：漂亮的叶子和枝条，比喻世间青春美丽的少男少女。
2. 雄龙雌凤：比喻优秀的男女，即诗中的男女主人公。
3. 罥：挂取。罥珊瑚，即捞珊瑚。古代的志怪笔记里说，渔民是用铁网打捞珊瑚的。这里比喻在茫茫人海中寻找爱情。

夹罗委箧[1]单绡起，香肌冷衬琤琤珮[2]。

今日东风自不胜，化作幽光入西海。

1. 夹罗委箧：把华贵织物做成的夹衣扔进衣箱，指天气转暖。比喻放下恋爱之初的戒备。
2. 琤琤珮：叮咚作响的佩饰。

燕台诗四首·夏

这首诗用夏景写爱情的胶着，忧郁压抑，充满了执着与渴望。

前阁雨帘愁不卷，后堂芳树阴阴见。
石城[1]景物类黄泉，夜半行郎空柘(zhè)弹[2]。
绫扇唤风阊阖天[3]，轻帷翠幕波渊旋。
蜀魂[4]寂寞有伴未，几夜瘴花开木棉。
桂宫流影光难取，嫣薰兰破轻轻语。
直教银汉堕怀中，未遣星妃镇来去。
浊水清波何异源，济河水清黄河浑。[5]
安得薄雾起缃裙[6]，手接云軿(píng)[7]呼太君。

---

1. 石城：金陵一名石头城。这里借其字面，写孤城的寂寞。
2. 柘弹：柘木做成的弹丸。传说美男子潘安曾携带柘弹走在街上，引人注目。这句是说少年虽美却无人注意。
3. 阊阖天：西方的天门。西风亦称“阊阖风”。
4. 蜀魂：指杜鹃。传说为古蜀国君主杜宇的亡魂所化。
5. “济河”句：以清浊不同的水流终将汇合，比喻出身不同的恋人得以结合。
6. 薄雾起缃裙：化用曹植《洛神赋》的意境，指女神在水面上向主人公走来，扬起水雾。
7. 軿：女性乘坐的带有帷幔的车。

燕台诗四首·秋

这首诗用秋景写爱情的变故，回思古事，世间没有什么是长久的。

月浪衡天天宇湿，凉蟾落尽疏星入。
云屏不动掩孤嚬(pín)，西楼一夜风筝[1]急。
欲织相思花寄远，终日相思却相怨。
但闻北斗声回环，不见长河[2]水清浅。
金鱼[3]锁断红桂春，古时尘满鸳鸯茵。
堪悲小苑作长道，三树[4]未怜亡国人。
瑶瑟愔愔藏楚弄，越罗冷薄金泥重。
帘钩鹦鹉夜惊霜，唤起南云绕云梦[5]。
双珰丁丁联尺素，[6]内记湘川相识处。
歌唇一世衔雨看，可惜馨香手中故。

---

1. 风筝：即“铁马”，屋檐下悬挂的金属片，有风时会发出声响。
2. 长河：银河。
3. 金鱼：做成鱼形的钥匙。
4. 玉树：陈朝亡国之君陈后主有《玉树后庭花》曲。
5. 云梦：云梦泽。楚襄王曾于此梦会巫山神女。
6. “双珰”句：寄信时附上一对耳环，作为信物。

燕台诗四首·冬

这首诗用冬景写爱情的寂灭，回想起来，那个绝世美女也许并没有那么美吧。

天东日出天西下，雌凤孤飞女龙寡。

青溪白石[1]不相望，堂中远甚苍梧野[2]。

冻壁霜华交隐起，芳根中断香心死。

浪乘画舸忆蟾蜍，月娥未必婵娟子。

楚管蛮弦愁一概，空城舞罢腰支在。

当时欢向掌中销，[3]桃叶桃根双姊妹。[4]

破鬟倭堕凌朝寒，白玉燕钗黄金蝉。

风车雨马不持去，蜡烛啼红怨天曙。

---

1. 青溪白石：南朝传说中，有名为“青溪小姑”的女神和名为“白石郎”的男神。
2. 苍梧野：传说中舜的葬身之所。
3. “当时”句：传说赵飞燕能作掌中舞。
4. “桃叶”句：以桃叶和桃根比喻赵飞燕、赵合德这一对姐妹。

柳枝五首　其一

一位名叫柳枝的少女读了李商隐的《燕台诗四首》，对他产生了朦胧的爱慕之情。

可惜，这段感情无疾而终。李商隐去了长安，柳枝不知去了哪里。

蝴蝶和蜜蜂，即使相遇，又能有什么结果呢？不是同一种动物，无法相爱啊。

花房与蜜脾[1]，蜂雄蛱蝶雌。

同时不同类，那复更相思。

---

1. 蜜脾：状如脾脏的蜂蜜。

柳枝五首　其二

爱情的纠结如同丁香的树枝，爱情的不平如同弹棋的棋盘。

本是丁香树[1]，春条结始生。
玉作弹棋局[2]，中心亦不平。

1. 丁香树：丁香枝条柔弱，仿佛结在一起。
2. 弹棋局：当时的游戏用具，中心高起。

柳枝五首　其五

心里有鸳鸯的时候，总能看见鸳鸯。

画屏绣步障，物物自成双。

如何湖上望，只是见鸳鸯。

柳

形容一物的形象，是齐梁咏物诗的常见写法。
李商隐咏柳诗很多，其中一些颇有少女意态，不知是否与柳枝姑娘有关。

动春何限叶，撼晓几多枝。
解有相思否，应无不舞时。
絮飞藏皓蝶，带弱露黄鹂。
倾国宜通体[1]，谁来独赏眉。

1. 通体：隋朝杨素打趣柳调多病，说他“柳条通体弱，独摇不须风”。

赠柳

这首以意态见长，不拘泥于物象。

章台[1]从掩映，郢路[2]更参差。
见说风流极，来当婀娜时。
桥回行欲断，堤远意相随。
忍放花如雪，青楼扑酒旗。

1. 章台：本为秦时渭南离宫台名，后作汉长安街名。因中唐韩翃在一首诗中写到"章台柳"三字，故与"柳"建立了联想关系。又因为这首诗是写给韩翃改嫁的妾，因而又隐含了美女的形象。
2. 郢路：江陵的路。桓温从江陵出发北征时，见到路边当年种的柳树已长大，感叹"树犹如此，人何以堪"。

离亭赋得折杨柳二首　其一

柳谐音“留”，古人有折柳送别的习惯。
“人世”句说得郑重感人。

暂凭尊酒送无憀（liáo）[1]，莫损愁眉与细腰。
人世死前唯有别，春风争拟[2]惜长条。

1. 无憀：百无聊赖，失意的样子。
2. 争拟：怎么会想着。

离亭赋得折杨柳二首　其二

盼着还有回来的那天，痴情。

含烟惹雾每依依，万绪千条拂落晖。

为报[1]行人休尽折，半留相送半迎归。

1. 为报：禀报，告诉。

滞雨

当是少年初到长安时。

滞雨长安夜，残灯独客愁。

故乡云水地[1]，归梦不宜秋。

1. 云水地：有云有水的地方。秋雨的声音让诗人联想到了故乡的水，因而在秋雨的寒意中做起了回家的梦。

初食笋呈座中

嫩箨（tuò）香苞初出林，[1]於陵论价重如金。

皇都陆海[2]应无数，忍剪凌云[3]一寸心。

---

1. “嫩箨”句：箨，笋壳。苞，形容笋的样子像花苞。
2. 陆海：山珍海味。
3. 凌云：在云彩之上。古语有“壮志凌云”的说法，这里借竹子能长得高过云彩，写自己有“凌云之志”。笋有长得高过云彩的志气，诗人也有干一番大事业的志气。

宿骆氏亭寄怀崔雍崔衮[1]

竹坞无尘水槛清，相思迢递隔重城。
秋阴不散霜飞晚，留得枯荷听雨声。

1. 崔雍崔衮：李商隐的好友，是一对兄弟，李商隐比他们略年长。

赠白道者

李商隐年轻时有修道经历，这是他写给道友的赠别诗。
后两句透过一层去想，新颖。

十二楼[1]前再拜辞，灵风正满碧桃枝。
壶中若是有天地，[2]又向壶中伤别离。

1. 十二楼：传说中的神仙居所。
2. “壶中”句：传说有法术的人能在壶中幻化出天地。

同学彭道士参寥

第二句说得新颖。

莫羡仙家有上真[1]，仙家暂谪亦千春。
月中桂树高多少，试问西河斫树人[2]。

---

1. 有上真：犹言能修成正果。
2. 斫树人：指吴刚。

离思

模仿齐梁宫体的五律，或是少年练笔之余率性而作。

气尽前溪舞[1]，心酸子夜歌[2]。
峡云[3]寻不得，沟水[4]欲如何。
朔雁传书[5]绝，湘篁(huáng)染泪[6]多。
无由见颜色，还自托微波。[7]

---

1. 前溪舞：南朝乐舞名。
2. 子夜歌：南朝歌曲名。
3. 峡云：从峡谷中飘出来的云。巫山神女自称住在巫峡中，早上会化身为飘动的云。
4. 沟水：相传卓文君《白头吟》有“明旦沟水头’之句。
5. 朔雁传书：据说苏武牧羊时曾靠大雁传信。
6. 湘篁染泪：传说舜死后，他的夫人娥皇、女英在湘水上哭泣着找寻他，泪水把两岸的竹子染成了斑竹。
7. “无由”二句：用曹植《洛神赋》意境，凡人无法与洛神相见，只能凭水波传递心意。

碧瓦

取首二字为题，相当于无题诗。

模仿齐梁体，写作排律，是一种写作练习。科举考试的省试诗就是排律。诗中似乎也略有寄托，寄寓了诗人自己努力加强修养、渴望成功的身世之感。

碧瓦衔珠树[1]，红轮[2]结绮寮（liáo）[3]。
无双汉殿鬓，第一楚宫腰。
雾唾香难尽，珠啼冷易销。
歌从雍门[4]学，酒是蜀城[5]烧。
柳暗将翻巷，荷欹正抱桥。
钿辕开道入，金管隔邻调。
梦到飞魂急，书成即席遥。
河流冲柱转，海沫近槎飘。

1. 珠树：结有红珠的树，这里形容升起太阳的树梢。
2. 红轮：指太阳。
3. 寮：窗户。
4. 雍门：春秋时齐国的城门。韩娥在雍门唱歌，余音绕梁，三日不绝。
5. 蜀城：卓文君曾在成都卖酒。

cī yí　　　　cóng

吴市[1]蠀蛦[2]甲，巴賨[3]翡翠翘。

他时未知意，重叠赠娇饶[4]。

1. 吴市：吴国都城的街市。
2. 蠀蛦：大龟。
3. 巴賨：巴中地区。賨，赋税，借此字面与上句中的“市”构成对仗。
4. 娇饶：通“娇娆”。

无题

以五律模拟齐梁宫体，是晚唐齐梁体常见的做法。
颔联只是铺叙容饰，并不见长。颈联以形象暗示情感，却十分细腻，这是李商隐诗优于一般齐梁宫体之处。

照梁初有情，出水旧知名。[1]
裙衩（chà）[2]芙蓉小，钗茸[3]翡翠轻。
锦长书郑重，眉细恨分明。
莫近弹棋局，中心最不平。

1. “照梁”二句：何逊形容新婚女子“雾夕莲出水，霞朝日照梁”。这里袭用其语，而从情态角度对描写对象做了更多介绍。
2. 裙衩：裙子。
3. 钗茸：翡翠钗上端细密的雕纹。

无题

模拟古乐府的语体，富于趣味性。
隐隐透出少年人渴望功名的焦虑。

八岁偷照镜，长眉已能画。
十岁去踏青，芙蓉作裙衩。
十二学弹筝，银甲不曾卸。
十四藏六亲[1]，悬知[2]犹未嫁。
十五泣春风，背面秋千下。

---

1. 藏六亲：回避亲属中的男性。
2. 悬知：猜想。

无题

艳丽朦胧的无题七律，是李商隐最著名的文体。李商隐的无题七律，词意有深有浅，当非一时一事之作。此诗句法华丽，而稍显稚嫩，似是少作，仿佛透露出少年李商隐精心准备科考、等待消息的焦虑心情。

凤尾香罗[1]薄几重，碧文圆顶夜深缝。[2]
扇[3]裁月魄羞难掩，车走雷声[4]语未通。
曾是寂寥金烬[5]暗，断无消息石榴[6]红。
斑骓只系垂杨岸[7]，何处西南任好风。[8]

---

1. 凤尾香罗：有凤尾图案、带香气的罗，名贵的织物，以薄为贵。
2. “碧文”句：唐人结婚的时候要设“百子帐”，按传统为青绿色、圆顶。此句言女主人公为新婚做准备。
3. 扇：唐代女性结婚时以扇掩面，经过“却扇”仪式才拿掉扇子。
4. 车走雷声：《长门赋》中将车声比作雷声。
5. 金烬：蜡烛烧完后的残余。
6. 石榴：古人认为石榴象征多子。这里隐喻女主人公富有生育能力的青春。
7. 垂杨岸：离别之处。
8. “何处”句：化用曹植“愿为西南风，长逝入君怀”之句。

落花

小题目，可能是少年时的练笔。
李商隐写《落花》这样的题目，不知会怎样妖艳。没想到他写得如此淡雅，如此脉脉含情。

高阁客竟去，小园花乱飞。
参差连曲陌[1]，迢递送斜晖。
肠断未忍扫，眼穿仍欲归。
芳心向春尽，所得是沾衣。

1. 陌：小路。

和张秀才落花有感

这一首就比较像大家想象中的“李商隐的落花诗”。

晴暖感余芳，红苞杂绛房。

落时犹自舞，扫后更闻香。

梦罢收罗荐[1]，仙归敕[2]玉箱。

回肠九回后，[3]犹有剩回肠。

---

1. 荐：褥子。
2. 敕：驱使，带走。
3. “回肠”句：司马迁《报任安书》有“肠一日而九回”之句，形容人的心情痛苦压抑。

秋月

省试体的咏物诗，可能是为科举考试做的练习。
颔联善于观察生活，颈联生动新颖。

池上与桥边，难忘复可怜。
帘开最明夜，簟(diàn)卷[1]已凉天。
流处水花急，吐时[2]云叶鲜。
姮娥无粉黛，只是逞婵娟。[3]

1. 簟卷：凉席卷起来不用，指天气转凉。
2. 吐时：（月亮）升起来的时候。杜甫有“四更山吐月”之句，形容月亮从山后升起来的样子，像是被山吐出来一样。
3. “姮娥”二句：姮娥，即嫦娥，比喻月亮。用嫦娥不施粉黛却可尽情展示美貌，比喻月亮颜色洁白却可表现出多样的美。

李花

五律咏物诗。
李商隐总是不甘心老老实实体物，颔联写出了李花的神态。

李径独来数（shuò）[1]，愁情相与悬。
自明无月夜，强笑欲风天。
减粉与园箨，分香沾渚莲。[2]
徐妃[3]久已嫁，犹自玉为钿。

1. 数：反复地。
2. “减粉”二句：省下香粉，分给园中的竹子；分享香气，沾染池中的莲花。箨，此处指竹子。竹子上有一层薄粉，诗人想象是洁白的李花分给它们的。
3. 徐妃：梁朝萧绎的妃子，出嫁时遇雪，车帷皆白。

荷花

颈联形容荷花的艳丽和高洁，句法繁复。

都无色可并，不奈此香何。

瑶席[1]乘凉设，金羁[2]落晚[3]过。

回衾灯照绮，渡袜水沾罗。[4]

预想前秋[5]别，离居梦棹歌。

---

1. 瑶席：玉制的坐席，比喻荷叶。
2. 金羁：金制的辔头，比喻荷花的花蕊。
3. 落晚：傍晚。
4. “回衾”二句：“衾”与“绮”、“袜”与“罗”为同义复指，即“回灯照绮衾，渡水沾罗袜”。倒装以表强调。
5. 前秋：在秋天到来之前。

赠荷花

此首为歌行体，出言直致，尚有元和习气，但较为有名。

世间花叶不相伦，花入金盆叶作尘。[1]
唯有绿荷红菡萏，卷舒开合任天真。
此花此叶长相映，翠减红衰愁杀人。

1. “世间”二句：意谓一般的花，花的价值远高于叶，不像荷花这样，花与叶可以相得益彰。

泪

咏物七律，有应试练笔性质，学习赋的做法，围绕题目罗列各种类型的“泪”，并无深意。

永巷长年怨绮罗，[1] 离情终日思风波。[2]
湘江竹上痕无限，[3] 岘（xiàn）首碑前洒几多。[4]
人去紫台秋入塞，[5] 兵残楚帐夜闻歌。[6]
朝来灞水桥边问，未抵青袍送玉珂。[7]

1. “永巷”句：永巷，皇宫中失宠宫女居住的地方。此句意谓被打入冷宫的宫女，长年空对着绫罗绸缎，流下哀怨的眼泪。
2. “离情”句：风波，旅途中的风浪。此句意谓忍受着别离之情的民女，终日思念着辗转于风浪中的游子，流下思念的眼泪。
3. “湘江”句：用湘夫人哭舜的典故。
4. “岘首”句：西晋名臣羊祜去世后，百姓在岘首山为其建碑，见者无不流涕。
5. “人去”句：用昭君出塞的典故。
6. “兵残”句：用项王兵败的典故。
7. “朝来”二句：言以上种种之泪，皆不如读书人送别之泪多。这里是学习赋的章法，不必坐实。

牡丹

此诗用一连串华丽的比喻形容早晨的牡丹，所有的喻体都是美人或珠宝。也有罗列典故的性质。

锦帏初卷卫夫人[1]，绣被犹堆越鄂君[2]。
垂手[3]乱翻雕玉佩[4]，折腰[5]争舞郁金裙[6]。
石家蜡烛[7]何曾剪，荀令香炉[8]可待熏。
我是梦中传彩笔[9]，欲书花叶寄朝云。

1. 卫夫人：春秋时卫国的夫人南子，曾坐在帷帐中会见孔子。
2. 越鄂君：春秋时楚国的鄂君访问越国，与舟人相悦，举被覆之。
3. 垂手：一种舞蹈。
4. 雕玉佩：雕有花纹的玉佩。
5. 折腰：一种舞蹈。
6. 郁金裙：用香草郁金熏制的裙子。
7. 石家蜡烛：西晋石崇斗富，用蜡烛当柴烧。
8. 荀令香炉：汉末名臣荀彧喜欢熏香。
9. 彩笔：传说南朝文学家江淹梦中得到彩笔，醒来后下笔如神。

赋得月照冰池

“赋得”即根据给定题目写诗，相当于命题作文。这是当时科举考试考写诗的主要形式，称为“省试诗”，一般要求写五言排律。这大概是李商隐准备科举考试时的一次练笔。

“省试诗”的题目一般暗含两个元素，考生需要找出并在每一联中兼顾这两个元素，从不同角度展开这两个元素之间的关系。

皓月方离海，坚冰正满池。

金波双激射，璧彩两参差。

影占徘徊处，光含的皪(dì lì)[1]时。

高低连素色，上下接清规[2]。

顾兔[3]飞难定，潜鱼[4]跃未期。

鹊惊[5]俱欲绕，狐听[6]始无疑。

似镜将盈手，[7]如霜恐透肌。

独怜游玩意，达晓不知疲。

---

1. 的皪：鲜明显著的样子。
2. 清规：清明的圆形，指月影。
3. 顾兔：看月里的兔子，也就是看月亮。
4. 潜鱼：冰下有鱼。
5. 鹊惊：曹操有“月明星稀，乌鹊南飞”之句。
6. 狐听：传说狐狸会伏在冰面上，听冰下的动静。
7. “似镜”句：陆机有“揽之不盈手”之句，张九龄又有“不堪盈手赠”，均形容月光。

灯

这是一首咏物排律，也是当时科举考试要准备的功课。
这些练习对李商隐积累辞藻、锻炼描写起到了很大作用。
这首习作从各个角度描绘灯，已经写得很有意致了。

皎洁终无倦，煎熬亦自求。
花时随酒远，雨后背窗休。
冷暗黄茅驿，暄明紫桂楼。
锦囊名画掩，玉局败棋收。
何处无佳梦，谁人不隐忧。
影随帘押[1]转，光信[2]簟文[3]流。
客自胜潘岳[4]，侬今定莫愁。
固应留半焰，回照下帏羞[5]。

---

1. 帘押：用来压帘子的装置。
2. 信：顺着。
3. 簟文：席子的花纹。
4. 潘岳：西晋的美男子，字安仁，即潘安。
5. 下帏羞：放下帏幔时的羞涩表情。

肠

晚唐的排律有时承担赋的功能，把与题目有关的典故都罗列在一起，是一种初学者的写作练习。
此诗以"肠"为题，有游戏的意味，主要罗列令人"断肠"的种种情境。

有怀非惜恨，不奈寸肠何。
即席回弥[1]久，前时断固多。
热应翻急烧，冷欲彻微波。
隔树澌澌雨，通池点点荷。
倦程[2]山向背，望国[3]阙[4]嵯峨[5]。
故念飞书及，新欢借梦过。
染筠[6]休伴泪，绕雪莫追歌。
拟问阳台事[7]，年深楚语讹[8]。

---

1. 弥：更。
2. 倦程：倦于旅程。
3. 望国：遥望故国。
4. 阙：城阙，即城门。
5. 嵯峨：高大的样子。
6. 染筠：染在竹子上。传说娥皇、女英的眼泪给竹子染上了斑点。
7. 阳台事：指楚襄王在巫山阳面的高台上梦到了巫山神女，在梦中与巫山神女展开一段浪漫爱情的故事。
8. 楚语讹：楚国的语言已发生了变化，听不懂了。指楚襄王的故事年深日久，没有人知道真相了。

袜

咏物小诗。在不同典故间建立联想。
想象嫦娥如果能像洛水女神一样在水上行走就好了，这其实是在描绘月光照在水面上的景象。

尝闻宓妃袜[1]，渡水欲生尘。

好借嫦娥著，清秋踏月轮。

1. 宓妃袜：宓妃是传说中的洛水女神。曹植在《洛神赋》中写她“凌波微步，罗袜生尘”，在水波上行走，罗袜溅起的水雾就像细小的尘土一样。

微雨

两联都是对仗，或许不是绝句，是从一首排律中截出来的精彩部分。四句都很精彩，“庭虚”句尤为警策。

初随林霭动，稍共夜凉分。

窗迥侵灯冷，庭虚近水闻。[1]

1. “窗迥”二句：虽然窗户很远，但雨的凉意仿佛已侵入了案头的灯焰；因为庭院空荡荡的，所以只有靠近水边的房间，才能听到细雨的声音。

细雨

也是省试咏物体。
以美女湿发之凉比细雨之凉，很有新意。

帷飘白玉堂，簟卷碧牙床。
楚女当时意，萧萧发彩凉。[1]

1. “楚女”二句：《楚辞》有女神“晞女发兮阳之阿”，晾晒湿发的描写。

嘲桃

李商隐有一系列嘲戏花果的小诗，可能也是少年练笔。
艳丽中带有一点元和体的滑稽为文。

无赖[1]夭桃面，平明露井东。
春风为开了，却拟笑春风。

1. 无赖：调皮。

百果嘲樱桃

好像在揭发什么见不得人的身世。

珠实虽先熟，琼莩（fú）[1]纵早开。

流莺[2]犹故在，争得[3]讳含来。

1. 琼莩：植物的白膜。谓樱桃灌浆胀破白膜。
2. 流莺：唐人常说黄莺喜含食樱桃。
3. 争得：怎得。

樱桃答

答得好像堂堂正正，其实郑樱桃不是什么好人。
这首诗有嘲讽小人得志之意。

众果莫相诮，天生名品高。
何因古乐府，唯有郑樱桃[1]。

1. 郑樱桃：后赵暴君石虎的皇后，出身优伶，害死了石虎的发妻郭氏和出身名门的继室崔氏。

嘲樱桃

这首却写得优雅，感慨无限。

朱实鸟含尽，青楼[1]人未归。
南园无限树，独自叶如帏。

1. 青楼：女性居住的精致小楼。

少将

描述了一位出身高贵、才华横益、生活奢华的少年将军形象。少年练笔，不必实有所指。

从“少”的年少风流和“将”的家国责任两方面来写，人物形象富于魅力。

族亚齐安陆，[1] 风高汉武威。[2]

烟波别墅醉，花月后门归。

青海闻传箭，天山报合围。

一朝携剑起，上马即如飞。

1. “族亚”句：此句言少将为皇族旁支。齐安陆，南齐显赫的皇族。
2. “风高”句：此句亦言少将为宗室。汉武威，汉朝武威将军，宗室刘尚。

旧将军

写了一位旧将军的无奈，未必实有所指。

云台[1]高议正纷纷，谁定当时荡寇勋[2]。
日暮灞陵原上猎，李将军[3]是故将军。

1. 云台：东汉讨论军事的地方。
2. 荡寇勋：扫平敌军的功劳。
3. 李将军：西汉名将李广。被罢免后纵酒夜行，自称“故将军”。

富平少侯

写一位骄纵的贵族少年。
李商隐有一批同类作品，当是少年练笔，不必实有所指。这首只是其中最无瑕疵的一首，因此容易被选本选录，此外并无特殊。

七国[1]三边[2]未到忧[3]，十三[4]身袭富平侯。
不收金弹[5]抛林外，却惜银床[6]在井头。
彩树转灯珠错落，[7]绣檀回枕玉雕锼（sōu）。[8]
当关[9]不报侵晨客，新得佳人字莫愁[10]。

---

1. 七国：分封给亲王的藩国，指内乱的忧患。
2. 三边：边境，指边境的忧患。
3. 未到忧：忧患未到心头，即“不知忧”。
4. 十三：言其年少。此处按照格律只能用“三”字，不必坐实。
5. 金弹：用黄金做成的游戏用的弹子。把黄金做成弹子随意抛掷，言其奢华。
6. 银床：光亮如银的井床，并非真用银制的井床。井床，即井上的栏杆。
7. “彩树”句：华丽的灯柱上转动着明珠一样的灯烛。
8. “绣檀”句：四周刻镂的檀枕光滑如玉。
9. 当关：守门人，指叫人起床的仆役。
10. 莫愁：南朝乐府中美人的名字，指美人。

公子

同写受到娇宠的贵族少年。
皇帝的表亲被封为异姓侯，自然有特殊的妙用，也就是亲上加亲做驸马。

外戚封侯自有恩，平明通籍[1]九华门。
金唐公主年应少，二十君王未许婚。[2]

---

1. 通籍：有职务者出示身份证明，出入特殊场所。
2. “金唐”二句：公子已经二十岁了，皇帝还不许他结婚，因为公主年纪还小。暗示皇帝准备把公主嫁给他。

安定城楼

李商隐于开成二年及第，开成三年与王茂元之女成婚。王茂元在开成四年以前任泾原节度使，安定郡为泾原节度使治所。此诗有可能是李商隐新婚之作。

在旁人看来，攀附上了王家是很大的喜事，难免会嫉妒李商隐，甚至会猜测他使用手段才达到了目的。但在李商隐看来，这一切都没什么，离他的少年抱负还差得远。

这首诗隐隐地透出了一位少年进士的志得意满，但在措辞上，仍然是惆怅的、不满足的，这也是李商隐的风格。

作为一位传统的士人，李商隐是以报效国家为己任、以归隐江湖为理想归宿的，眼前的蝇头小利，他还真没有放在心上。

李商隐与王茂元应该也是真心互相欣赏的，只是世俗之人难以理解罢了。

迢递高城百尺楼，绿杨枝外尽汀洲。

贾生[1]年少虚垂涕，王粲[2]春来更远游。

永忆江湖归白发，[3]欲回天地入扁舟。[4]

不知腐鼠成滋味，猜意鹓鶵（yuān chú）竟未休。[5]

---

1. 贾生：贾谊。年少有为，但不被汉文帝重用。
2. 王粲：汉末文学家，依附军阀刘表，难以施展抱负，作有《登楼赋》。
3. “永忆”句：一直想要归隐江湖，但如愿时（恐怕）已是满头白发了。
4. “欲回”句：想要旋转乾坤，有一番作为，然后再乘舟归隐。
5. “不知”二句：《庄子》中的一个寓言说，猫头鹰自己珍惜腐烂的老鼠，还以为神鸟鹓鶵也要来抢。比喻自己目前的幸运令旁人嫉妒，但这并不是自己看重的。

回中[1]牡丹为雨所败二首　其二

浪笑榴花不及春，先期零落更愁人。
玉盘迸泪伤心数，锦瑟惊弦破梦频。
万里重阴非旧圃，一年生意[2]属流尘。
前溪舞罢君回顾，并觉今朝粉态新。[3]

1. 回中：安定郡的地名。
2. 生意：生机。
3. “前溪”二句：前溪舞，南朝乐舞名。这里以歌女的舞姿比喻牡丹在雨中零落的样子。此二句意谓牡丹落尽后，回想今天，会觉得雨中正在零落的牡丹还算是娇艳的。

兰台之诗

（二十九至三十五岁）

在长安过上了“清狂从事”的生活

无题

似乎是写某次公务宴会上与官妓寻欢作乐的情景。当时的男子在拜访妓女后，有第二天写诗文回赠的习俗，是一种风雅。其实是逢场作戏，但故意要写得深情，以显得风流潇洒。

李商隐有很多类似的作品，最大可能是作于在长安担任校书郎、正字期间，特别是初次担任校书郎期间。

昨夜星辰昨夜风，画楼西畔桂堂东。
身无彩凤双飞翼，心有灵犀[1]一点通。
隔座送钩春酒暖，分曹射覆[2]蜡灯红。
嗟余听鼓应官去，走马兰台[3]类转蓬[4]。

---

1. 灵犀：传说犀角中有一根非常灵敏的线。
2. 射覆：送钩和射覆都是当时酒席上的游戏。
3. 兰台：在当时为秘书省的美称，即李商隐供职之处。秘书省的工作十分清闲，李商隐这么说，不过是托词。
4. 转蓬：辗转飘飞的蓬草。曹植有《吁嗟篇》，描述了一根蓬草远离故土、随风辗转的辛酸。

蝶三首　其一

以下三首诗以“蝶”为题，实际不是描写蝴蝶，只是以“蝶”起兴，吟咏蝶一样的女子。因此归入“无题”，不归入“咏物”。可能是李商隐任校书郎时的冶游之作。

初来小苑中，稍与琐闱[1]通。

远恐芳尘断，轻忧艳雪[2]融。

只知防灏露，不觉逆尖风。

回首双飞燕，乘时入绮栊。

---

1. 琐闱：刻有图案的侧门。
2. 艳雪：芳尘、艳雪均比喻蝶粉。

蝶三首　其二

女子梳妆的情态。

长眉画了绣帘开，碧玉[1]行收白玉台。

为问翠钗钗上凤，不知香颈为谁回。

1. 碧玉：女子名，用“碧玉小家女”之典。下文的“白玉”是真正的白玉，诗人这里是玩弄文字游戏。

蝶三首　其三

这个风尘女子也做出大家闺秀的娇羞之态，却没有意识到自己的命运是如此可悲可叹。

寿阳公主[1]嫁时妆，八字宫眉捧额黄[2]。

见我佯羞频照影，不知身属冶游郎。

1. 寿阳公主：宋武帝之女，传说曾有梅花落其额上。唐代女性有在额头画梅花的妆容，声称是模仿寿阳公主。
2. 额黄：唐代女性的流行妆饰，在额上涂抹黄颜料。

屏风

写了一个好屏风，似乎是写于安稳富足的生活状态。

六曲[1]连环接翠帷[2]，高楼半夜酒醒时。
掩灯遮雾密如此，雨落月明俱不知。

1. 六曲：这里指屏风。
2. 翠帷：色彩明艳的帷帐。

碧城[1]三首　其一

这三首诗表面上写仙界，其实明显是写凡间女子，而且也并不是什么潜心修道的女道士。应该是记录了李商隐年轻时的一段风月之情。

三首诗组成了一个比较完整的故事。这一首写与女主人公初次相遇的震撼。

碧城十二曲阑干，犀辟尘埃玉辟寒。[2]
阆苑有书多附鹤，女床无树不栖鸾。[3]
星沉海底当窗见，雨过河源隔座看。[4]
若是晓珠[5]明又定，一生长对水晶盘。

---

1. 碧城：道教仙境。
2. “犀辟”句：据说犀角可以赶走尘埃，玉可以赶走寒冷。写女主人公居处的精致。
3. “阆苑”二句：阆苑、女床均是借道教表示仙境的辞藻点缀，指女主人公的住所。此二句写女主人公经常收到信件，也不乏爱慕者。
4. “星沉”二句：隐藏一共同的宾语，即太阳，亦即下文的“晓珠”。诗人见到女主人公，如见到太阳一般惊喜。
5. 晓珠：传说太阳的精华是一颗明珠。尾联意谓，如果女主人公是一颗晓珠，可以明亮而静止地盛放在水晶盘中，自己愿意一生与她相守。

碧城三首　其二

这一首写女主人公另有所爱，诗人受到爱情的煎熬。

对影闻声已可怜，玉池荷叶正田田。
不逢萧史[1]休回首，莫见洪崖[2]又拍肩。
紫凤放娇衔楚珮，赤鳞狂舞拨湘弦。[3]
鄂君怅望舟中夜，绣被焚香独自眠。[4]

---

1. 萧史：传说其与妻子弄玉一起成仙飞升。这里指可以托付终身的男性。
2. 洪崖：游仙诗中经常出现的普通男仙。这里指只是泛泛之交的男性。
3. “紫凤”二句：写女主人公纵情享乐的姿态。
4. “鄂君”二句：反用鄂君绣被的典故，说自己只能怅望，无人同眠。

碧城三首　其三

此诗写仍不放弃对女主人公的追求。

七夕来时先有期，洞房帘箔至今垂。
玉轮顾兔初生魄，铁网珊瑚未有枝。
检与神方教驻景[1]，收将凤纸写相思。
武皇内传[2]分明在，莫道人间总不知。

---

1. 驻景：留住阳光，指延年益寿。
2. 武皇内传：《汉武内传》写到女仙教汉武帝“驻景”之方。

无题四首　其一

这四首无题诗被编排在一起，一首偏体物的七律，一首偏言情的七律，一首五律，一首歌行，各备一格，可以视为一个整体。由此可以看到，同一位作者，近似的题材，不同的体裁有不同的风格特点。

这四首诗中的女主人公也近似官妓，故系于兰台之诗。

这是一首偏体物的七律，句法端庄，更有典型七律的特点，浓墨重彩，心思细腻，透过物象来暗示感情，表现爱情的执着。

来是空言去绝踪，月斜楼上五更钟。

梦为(wéi)远别啼难唤，[1] 书被催成[2] 墨未浓。

蜡照半笼金翡翠[3]，麝熏微度绣芙蓉[4]。

刘郎[5] 已恨蓬山[6] 远，更隔蓬山一万重。

---

1. “梦为”句：意谓梦的内容是远别，因此在睡梦中哭起来，叫也叫不醒。
2. 书被催成：欢会之后，男子回到家里，要给女子写信答谢，以速成为佳。
3. 金翡翠：以金线绣成翡翠鸟图案的床帐。
4. 绣芙蓉：绣着芙蓉的被褥。
5. 刘郎：东晋干宝《搜神记》记载，刘晨和阮肇在天台山中遇见了仙女，当他们第二次来到遇见仙女的地方，仙女已经不见了，只有洞口的桃树还是原样。
6. 蓬山：蓬莱仙境。

无题四首　其二

这是一首偏缘情的七律，有一点学习歌行的句法，轻快流畅。写情较为直接，用典巧妙。尾联表面上做通脱之语，实际是说反话。

颈联涉及的两位女主人公的姓氏分别是“贾”和“甄”，或有爱情亦真亦假的隐喻，《红楼梦》给人物命名时或受此启发。

飒飒东风细雨来，芙蓉塘外有轻雷[1]。

金蟾啮锁烧香入，[2]玉虎牵丝汲(jí)井回。[3]

贾氏窥帘韩掾(yuàn)少，[4]宓(fú)妃[5]留枕魏王才。

春心莫共花争发，一寸相思一寸灰。

---

1. 轻雷：《长门赋》把车声比作雷声。或直接解作雷声，亦通。
2. “金蟾”句：金蟾，门锁上的装饰。烧香入，香气可以透过被锁着的门。此句关联“贾氏”句，比喻感情无法阻挡。
3. “玉虎”句：玉虎，辘轳上的装饰。丝，此处指井绳。汲井，从井里打水。回，形容井绳来回缠绕，比喻感情的缠绕。
4. “贾氏”句：西晋权臣贾充的女儿。她与父亲的下属韩寿私下相爱，贾充发现韩寿袖子上染了贾家才有的香，才知道他和女儿相爱了。掾，下属官员。
5. 宓妃：传说曹丕之妻甄氏爱慕曹植的才华，在被迫害致死时留给曹植一个枕头。曹植《洛神赋》中的洛神就是宓妃，原型就是甄氏。

无题四首　其三

五律更接近齐梁宫体的写法，重视通过物来暗示情，情感含蓄。颔联写情，十分细腻。

含情春晼（wǎn）晚[1]，暂见夜阑干[2]。
楼响将登怯，帘烘欲过难。
多羞钗上燕，真愧镜中鸾。
归去横塘[3]晓，华星送宝鞍。

---

1. 晼晚：黄昏。
2. 阑干：纵横，弥漫。
3. 横塘：三国吴孙权时于建业（今江苏南京）沿淮水（今秦淮河）南岸所筑长堤，约当今南京市中华门到水西门段的秦淮河岸。“横塘”之意象经常出现在南朝文学中。

无题四首　其四

歌行，感情奔放直露。

何处哀筝随急管[1]，樱花永巷[2]垂杨岸。
东家老女嫁不售，[3]白日当天三月半。[4]
溧阳公主年十四，清明暖后同墙看。
归来展转到五更，梁间燕子闻长叹。

1. 急管：急促的管乐，俗乐的特征。
2. 永巷：长长的巷子，指歌妓的居所。
3. "东家"句：宋玉《登徒子好色赋》中描写了一位美貌绝世的"东家之子"。老女，北朝乐府有"老女不嫁，蹋地唤天"之句。嫁不售，嫁不出去。杜甫有"更遭丧乱嫁不售，一生抱恨长咨嗟"之句。
4. "白日"句：谓"老女"正当盛年。

饮席代官妓赠两从事

妓席佻达之作，或作于少年任职秘书省时。
同一场宴席上，有两位年轻官员是同一位官妓的相好，气氛一度极为尴尬。

新人桥上著春衫，旧主江边侧帽檐。
愿得化为红绶带，许教双凤一时衔。

为有

是闺怨，还是娇嗔？
或与诗人任职长安期间的见闻有关。
不过，在现实中，身佩金龟去上朝的丈夫，应该年纪不小了。

为有云屏无限娇，凤城寒尽怕春宵。
无端嫁得金龟[1]婿，辜负香衾事早朝。

1. 金龟：唐代高官的佩饰。

板桥晓别

走的人很轻巧，但他在想，那个芙蓉仙子一定在思念我吧。

回望高城落晓河[1]，长亭窗户压微波。

水仙[2]跃上鲤鱼去，一夜芙蓉红泪多。

1. 高城落晓河：晓河，早晨的银河。银河到早晨会从天空中落下，隐没在高高的城墙后面。
2. 水仙：水中仙人。

春雨

因春雨而感怀，非咏春雨。

怅卧新春白袷(jiá)衣[1]，白门[2]寥落意多违。
红楼隔雨相望冷，珠箔飘灯独自归。
远路应悲春晼晚，残宵犹得梦依稀。
玉珰缄札何由达，万里云罗[3]一雁飞。

1. 白袷衣：即白色夹衣。白袷衣为未获得功名的读书人服饰，或日常家居服饰。
2. 白门：金陵别称，多出现在南朝乐府中。
3. 云罗：像云一样的弥天大网。末句谓传书之雁很难抵达。

歌舞

少年行乐，恻艳之辞。

遏云歌响清，[1] 回雪舞腰轻。[2]
只要君流眄（miǎn）[3]，君倾国自倾。[4]

---

1. “遏云”句：《列子》中说，秦青的歌声可以让行云停住。
2. “回雪”句：曹植《洛神赋》写洛神的姿态如“流风之回雪”。
3. 流眄：转动眼睛来看。
4. “君倾”句：《诗经》有“哲妇倾城”之说。汉乐府反用其意，曰：“宁不知倾城与倾国，佳人难再得。”此处再次翻新。

任弘农尉献州刺史乞假还京

唐代的进士都要先做县尉，烦琐的政务每每令这些清高的才子苦不堪言。
李商隐想，我中了进士，却要被这些事折辱，还不如一辈子怀才不遇，像怀抱和氏璧而不被认可的卞和那样呢。
他进而想，真成了卞和，倒也好，受了刖刑，腿废了，就不必为政务来回跑腿了。
生动地写出了一个青年基层文官的辛酸。

黄昏封印点刑徒，[1] 愧负荆山[2] 入座隅。

却羡卞和[3] 双刖足，一生无复没阶趋。

---

1. “黄昏”句：封印，封存官印。点刑徒，清点犯人。这些都是基层文官的日常工作。
2. 荆山：美玉和氏璧。比喻文人的才华。
3. 卞和：发现和氏璧的玉工，两次献玉给楚王，都被认为是石头，卞和因此受到刖刑，被砍断双足。常用来比喻怀才不遇的人。

正月十五夜闻京有灯，恨不得观

此诗可能是李商隐回乡守母丧时所作。

月色灯光满帝都，香车宝辇隘通衢[1]。
身闲不睹中兴盛，羞逐乡人赛紫姑[2]。

1. 隘通衢：堵满了原本通畅的街道。
2. 赛紫姑：祭祀紫姑神的民俗。

春日寄怀

李商隐本来出身很好，但一直升迁无门，此时已经有点焦急了。中间两联的形式很讲究。

世间荣落[1]重逡巡[2]，我独丘园[3]坐四春。
纵使有花兼有月，可堪无酒又无人。
青袍[4]似草年年定，白发如丝日日新。
欲逐风波千万里，未知何路到龙津[5]。

1. 荣落：植物茂盛和凋零。
2. 逡巡：徘徊，往复。
3. 丘园：田园，家园。
4. 青袍：八九品官员的服色。
5. 龙津：龙门。传说鲤鱼跃过龙门就可以变成龙。

七夕偶题

颔联想法奇特。

宝婺[1]摇珠佩，嫦娥照玉轮。
灵归天上匹，巧遗[2]世间人。
花果香千户，笙竽溢四邻。
明朝晒犊鼻，方信阮郎贫。[3]

1. 宝婺：婺女星，传说婺女是织女已婚的姐姐。
2. 遗：送给。
3. “明朝”二句：七夕节有晒衣的风俗。《世说新语》载，阮氏诸门晒衣炫富，只有阮咸晒一犊鼻裈（短裤），说“未能免俗，聊复尔耳”。

寄令狐郎中

闲居中寄给故交令狐绹的言怀之作。

嵩云秦树[1]久离居，双鲤[2]迢迢一纸书。
休问梁园[3]旧宾客，茂陵[4]秋雨病相如。

---

1. 嵩云秦树：指自己在荥阳老家，令狐绹在长安。
2. 双鲤：古时有“鲤鱼传书”的传说。
3. 梁园：司马相如做宾客的地方。
4. 茂陵：司马相如退职后闲居的地方。

独居有怀

用独居女子一般的艳丽辞藻，写自己在荥阳闲居，怀念长安的心情。

麝[1]重愁风逼，罗[2]疏畏月侵。

怨魂迷恐断，娇喘细疑沉[3]。

数急芙蓉带，频抽翡翠簪。

柔情终不远，遥妒已先深。

浦冷鸳鸯去，园空蛱蝶寻。

蜡花长递泪，筝柱镇移心。[4]

觅使嵩云暮，回头灞岸阴[5]。

只闻凉叶院[6]，露井近寒砧。[7]

---

1. 麝：室内的熏香。
2. 罗：丝织品，指床幔。
3. 疑沉：怀疑已经沉寂。
4. “筝柱”句：筝柱的心总是移动。这本是筝的一种演奏技法，这里比喻情人总是变心。镇，总是。
5. 灞岸阴：灞桥的岸边是阴天。灞桥，代指分别的地方。
6. 凉叶院：寒冷的落满了秋叶的院子。
7. “露井”句：井边有人在寒冷的天气里捣衣。砧，捣衣时垫在下面的石头。

霜月

替古人担忧是李商隐的拿手好戏。

初闻征雁已无蝉，百尺楼高水接天。

青女[1]素娥[2]俱耐冷，月中霜里斗婵娟。

1. 青女：青腰神女，是农历九月的神。
2. 素娥：月神嫦娥。

吴宫

李商隐几次在秘书省任职期间，博览群书，尤其对汉魏六朝文学典籍有特殊的兴趣。

李商隐一生写了很多咏史诗，这当与他在秘书省的经历有直接的关系。其中很多作品可能就是他在秘书省读书之余写下的感想，与当时的政事未必有即时的对应关系，不宜牵强附会。

这些咏史诗难于确定写作时间，姑且大致系于其第二次任职秘书省期间，以吟咏对象的历史年代为序。

这首诗吟咏的是春秋时代的吴国，但从想象的意境来看，不太像春秋时代的吴国，而仍像是李商隐最感兴趣的六朝。

龙槛[1]沉沉水殿清，禁门深掩断人声。

吴王宴罢满宫醉，日暮水漂花出城。

1. 龙槛：宫中水边有栏杆的亭轩类建筑。

梦泽[1]

这首诗吟咏的是战国时代的楚国。

梦泽悲风动白茅[2]，楚王葬尽满城娇。[3]

未知歌舞能多少，虚减宫厨为细腰[4]。

1. 梦泽：楚国的云梦泽。
2. 白茅：楚国特产的植物，可做祭祀之用。
3. “楚王”句：楚王把满城的美人都葬送了。原因即下文所说，美人为了讨好楚王，过度节食，导致寿命不长。
4. 细腰：《墨子》中有“楚灵王好士细腰，故灵王之臣皆以一饭为节”的说法，后讹变为“楚王好细腰，宫中多饿死”。

咸阳

咏秦时事。

秦国如此奢华暴虐，还能取得天下，一定是因为秦穆公把天帝灌醉了，否则光凭秦国有山河之险是无法解释的。

与杜牧《阿房宫赋》意旨大致相同，都是用秦朝暗喻晚唐统治，因而更接近晚唐的情况而非秦朝的情况。说天帝被秦穆公灌醉了，比杜牧说得更为尖刻巧妙。

咸阳宫阙郁嵯峨，六国楼台[1]艳绮罗。

自是当时天帝醉[2]，不关秦地有山河。[3]

---

1. 六国楼台：秦始皇每灭一国，就在咸阳仿制该国的宫殿，掠夺该国的珍宝美人充实其中。
2. 天帝醉：传说天帝曾邀请秦始皇的祖先秦穆公上天观乐，以示对秦国的青睐。李商隐在这里想象，秦穆公把天帝灌醉了。
3. “不关”句：不是因为秦国有华山、黄河的天险。（因为同样是这样的地理条件，后来的秦国却覆灭了）山河，指山河之险。

贾生

咏汉文帝时事。
汉文帝召见贾谊，一直以来都是皇帝优礼贤臣的佳话，李商隐却发现了问题。

宣室[1]求贤访逐臣，贾生才调更无伦[2]。
可怜夜半虚前席[3]，不问苍生问鬼神。[4]

---

1. 宣室：皇帝的私殿，汉文帝曾于此召见贾谊。
2. 无伦：无与伦比。
3. 前席：汉文帝与贾谊在宣室谈到夜半，汉文帝不自觉地带着坐席向贾谊靠拢。
4. “不问”句：贾谊颇有治国良策，汉文帝宣室召见却是问的鬼神之事。贾谊的政治抱负也终未实现。

汉宫词

咏汉武帝时事。李商隐又发现了问题。

青雀[1]西飞竟未回，君王长在集灵台[2]。
侍臣最有相如渴[3]，不赐金茎露[4]一杯。

1. 青雀：传说中西王母的信使。汉武帝曾试图通过青雀寻找西王母。
2. 集灵台：汉武帝的宫殿。
3. 相如渴：司马相如患有消渴病。
4. 金茎露：方士收集的露水，据说喝了可以长生不老。

王昭君

咏汉元帝时事。
以画像的永恒讽刺人的价值还不如画像。

毛延寿[1]画欲通神，忍为黄金不顾人。[2]
马上琵琶行万里，汉宫长有隔生春。

1. 毛延寿：汉元帝时的宫廷画师，负责为后宫女子画像，供皇帝选择。但皇帝一直没能通过他的画像发现王昭君，直到派她和亲时见到真人，才发现她的美貌。
2. "忍为"句：传说毛延寿是因为王昭君没有贿赂他，才故意把她画得很丑。

涉洛川

咏汉末曹植事。

通谷阳林[1]不见人，我来遗恨古时春。
宓妃漫结无穷恨，不为君王杀灌均[2]。

1. 通谷阳林：通谷和阳林均为《洛神赋》中提到的地名。
2. 灌均：曹丕身边诽谤曹植的小人。

代魏宫私赠

模拟宓妃（甄后）偷偷给曹植写诗的口气。李商隐知道曹植写《洛神赋》的时候甄后已经不在世了，只是替她设想。

来时西馆[1]阻佳期，去后漳河[2]隔梦思。
知有宓妃无限意，春松秋菊可同时。

---

1. 西馆：曹植来朝觐时的住所。
2. 漳河：邺城附近的河流，传说甄后葬在附近。

代元城吴令暗为答

设想吴质给甄后写了答诗，安慰甄后说：“曹植已经不想你了，你不要费心了。”

背阙归藩[1]路欲分，水边[2]风日半西曛。

荆王[3]枕上元无梦，莫枉阳台一片云。[4]

1. 背阙归藩：离开京城，回到藩国去，指曹植。
2. 水边：洛水边，曹植自称见到洛神的地方。
3. 荆王：即楚襄王。这里用其梦会巫山神女的典故。
4. “莫枉”句：阳台，见前注。这里是用巫山神女爱慕楚襄王的心意，比喻甄妃爱慕曹植的心意。

南朝

此诗写南朝互不吸取教训，都是偏安一隅，代代荒淫。并非专写一朝一代。

玄武湖[1]中玉漏[2]催，鸡鸣埭（dài）[3]口绣襦（rú）[4]回。

谁言琼树[5]朝朝见，不及金莲[6]步步来。

敌国军营漂木柹（fèi）[7]，前朝神庙锁烟煤[8]。

满宫学士皆颜色，江令当年只费才。[9]

---

1. 玄武湖：六朝国都建康（今南京）玄武门外的大湖。
2. 玉漏：计时器。
3. 鸡鸣埭：地名。南齐武帝晨起带着宫人出行，走到这里已是鸡鸣时分。
4. 绣襦：绣花的衣服，代指宫人。
5. 琼树：陈朝乐府中对妃子美妙身姿的形容。
6. 金莲：南齐东昏侯用金莲花贴地，让潘妃走在上面，称“步步生莲花”。
7. 木柹：造船时削下的木头碎片。
8. 烟煤：陈后主大建佛寺，后失火烧毁。
9. “满宫”二句：陈后主召集宫人作诗，把她们都封为“学士”，让高官江总陪伴酬唱。

南朝

借“半面妆”嘲讽南朝偏安一隅。

地险[1]悠悠天险[2]长，金陵王气应瑶光。[3]

休夸此地分天下，只得徐妃半面妆。[4]

---

1. 地险：金陵的险要地势。
2. 天险：长江。
3. “金陵”句：金陵作为六朝古都，被认为有“王气”，金陵的“王气”是与北斗七星中的“瑶光”相应的。
4. “只得”句：南朝梁的皇帝萧绎一只眼睛是瞎的，他的妃子徐昭佩见他的时候只上半张脸的妆。

代越公房妓嘲徐公主[1]

借陈隋史事，写再嫁女的辛酸。似乎也寄寓了自己的身世之感。

笑啼俱不敢，几欲是吞声。
遽遣离琴怨，都由半镜明。
应防啼与笑，微露浅深情。

1. 徐公主：陈朝乐昌公主，嫁与太子舍人陈德言。陈朝衰亡时，丈夫留给她半个镜子做信物。乐昌公主没入隋大臣杨素家中，后与丈夫团圆，即“破镜重圆”。杨素封越国公，“越公房妓”即杨素家的歌妓。

代贵公主

李商隐模拟的乐昌公主答诗。

芳条[1]得意红，飘落忽西东。
分逐春风去，风回得故丛。
明朝金井露[2]，始看忆春风。

1. 芳条：开着花的枝条。
2. 金井露：雕饰华美的井栏上生出露水，指天气转凉。

陈后宫

茂苑城如画，阊门瓦欲流。[1]
还依水光殿，更起月华楼。
侵夜鸾开镜[2]，迎冬雉献裘[3]。
从臣皆半醉，天子正无愁。[4]

---

1. “茂苑”二句：茂苑，三国时吴国的宫苑。阊门，春秋时吴国的城门。两个吴国的都城并不在一处，此处泛指东南偏安王朝的宫苑和城门。
2. 鸾开镜：传说中鸾鸟会对着镜子跳舞，此处指奢华的宝镜。
3. 雉献裘：臣下所献的用雉鸡头上的毛做的裘，指奢华的衣服。
4. “天子”句：北齐皇帝高纬被称作“无愁天子”，却成了亡国之君。

北齐二首　其一

吟咏北齐之事。北齐后主人称“无愁天子”，给李商隐留下了深刻印象。

一笑相倾国便亡，何劳荆棘[1]始堪伤。

小怜[2]玉体横陈夜，已报周师[3]入晋阳[4]。

1. 荆棘：伍子胥曾预言，吴国要亡国，宫殿会长满荆棘。
2. 小怜：冯小怜，北齐后主的淑妃，出身宫婢，为皇帝所宠溺。
3. 周师：北周的军队。
4. 晋阳：今山西太原，为北齐的军事中心。

北齐二首　其二

巧笑知堪敌万机[1]，倾城最在著戎衣。
晋阳已陷休回顾，[2]更请君王猎一围。

1. 万机：繁多而重要的国事。
2. “晋阳”句：军事中心晋阳已经沦陷了，这里是反讽的说法。

隋宫

感叹隋朝的速兴速亡。句法纯熟，章法特别，尾联设想奇妙。

紫泉[1]宫殿锁烟霞，欲取芜城[2]作帝家。

玉玺不缘归日角，[3]锦帆应是到天涯。

于今腐草无萤火[4]，终古垂杨[5]有暮鸦。

地下若逢陈后主，岂宜重问后庭花[6]。

---

1. 紫泉：即紫渊，汉武帝宫殿名，唐人避李渊讳改渊为泉。这里代指隋朝宫殿。此句意谓隋炀帝闲置了长安的皇宫。
2. 芜城：即扬州。鲍照《芜城赋》描绘了经受战乱摧残的扬州，故名。此句意谓隋炀帝想在江南设立行宫。
3. “玉玺”句：玉玺，代指皇权。不缘，不因，要不是。日角，帝王之相，代指李唐皇帝。
4. 腐草无萤火：传说萤火虫是从腐烂的草中生出来的。隋炀帝在政权已经受到威胁时，仍然奢侈无度，收集萤火虫，夜晚游山时放出取乐。
5. 垂杨：隋炀帝曾在大运河沿岸遍栽杨柳。
6. 后庭花：陈后主作有《玉树后庭花》，被称为“亡国之音”。

隋堤

咏隋炀帝经大运河游幸江南之事。

乘兴南游不戒严[1]，九重谁省谏书函。[2]
春风举国裁宫锦，半作障泥[3]半作帆。

1. 不戒严：隋炀帝自恃天下太平，出游不加警戒。
2. “九重”句：在皇帝的宫殿里，谁会去看大臣进谏的书信呢？谓隋炀帝不听臣下劝阻。
3. 障泥：披在马腹两旁的马具。传说有马因为爱惜锦制的障泥而不肯渡水。

华清宫

咏唐玄宗、杨贵妃事。自安史之乱后一直有诗人吟咏杨贵妃，到李商隐这时更是没什么顾忌了。

华清恩幸古无伦，犹恐蛾眉不胜人。
未免被他褒女[1]笑，只教天子暂蒙尘。

1. 褒女：褒姒（sì），周幽王的宠妃，曾经“一笑亡周”。

马嵬二首　其二

海外徒闻更九州[1]，他生未卜此生休。

空闻虎旅传宵柝(tuò)[2]，无复鸡人[3]报晓筹。

此日六军同驻马，当时七夕笑牵牛。

如何四纪[4]为天子，不及卢家有莫愁[5]。

---

1. 更九州：传说九州之外还有九州。
2. 宵柝：夜里打更的声音。
3. 鸡人：宫中不养鸡，由卫士在宫门外代替晨鸡报晓。
4. 纪：一纪为十二年。
5. 卢家有莫愁：南朝民歌中说，一个名叫莫愁的美女，嫁到了卢家做媳妇。指普通人家还可以娶到美貌的媳妇，长相厮守。

龙池

咏杨妃事，设想杨妃前夫寿王的感受，从历史的缝隙中发现个人，符合文学创作的规律。

李商隐与昔日好友令狐绹走上了不同的人生道路，贵贱有别，此诗或许也是他的人生感慨。

龙池赐酒敞云屏[1]，羯鼓[2]声高众乐停。

夜半宴归宫漏永，薛王[3]沉醉寿王[4]醒。

1. 云屏：云母装饰的屏风。
2. 羯鼓：一种出自外夷的鼓，为玄宗所好。
3. 薛王：这里泛指其他皇子。
4. 寿王：玄宗之子，杨贵妃前夫。

过景陵[1]

对佞信方士而身亡的唐宪宗有所讥刺。
“俱是苍生留不得”，体现了李商隐特有的思维。

武皇[2]精魄久仙升，帐殿凄凉烟雾凝。
俱是苍生留不得，鼎湖[3]何异魏西陵[4]。

1. 景陵：唐宪宗的陵墓。唐宪宗是服食丹药而死的。
2. 武皇：即唐宪宗。
3. 鼎湖：传说中黄帝升仙之处。
4. 魏西陵：曹操的坟墓。

流寓之诗

（三十六至三十九岁）

离开秘书省入幕桂林时，李商隐写作了一批流寓之诗

海客[1]

李商隐到桂林去投奔郑亚。郑亚是李党中人。
这下牛党的人又要不高兴了，李商隐想。

海客乘槎上紫氛[2]，星娥罢织一相闻。
只应不惮牵牛妒，聊用支机石赠君。

1. 海客：原指张骞。传说他在出使西域寻找黄河源头的时候，曾误入银河，见到了织女。织女把自己支撑织布机的石头送给他作为纪念。这里借喻郑亚。
2. 紫氛：紫色的云雾。“上紫氛”即到天上去。

离席

出发前往桂林的时候，正是春天。

出宿金尊掩，[1] 从公玉帐新。[2]
依依向余照，远远隔芳尘。
细草翻惊雁，残花伴醉人。
杨朱[3] 不用劝，只是更沾巾。

---

1. “出宿”句：离开旧时居住的地方，放下了酒杯。“金”为修饰语，非实指。
2. “从公”句：跟随东道主奔赴远方，送别的帐子还是新的。“玉”为修饰语，非实指。
3. 杨朱：战国思想家。传说他曾经在走到歧路时痛哭，感叹人生选择复杂，容易迷失。

桂林

初到桂林时的感受。
用了神话一般的字眼。异乡的风景如此奇特，有些新鲜，也有些凄凉。

城窄山将压，江宽地共浮。
东南通绝域，西北有高楼。[1]
神护青枫岸，龙移白石湫[2]。
殊乡竟何祷[3]，箫鼓不曾休。

---

1. “西北”句：用了《古诗十九首》中的成句。
2. 白石湫：桂林地名。
3. 竟何祷：究竟在祈祷什么呢？

晚晴

在桂林作。春末夏初，安定下来后的感受。
颔联说得十分郑重，颈联刻画事物十分细致。

深居俯夹城[1]，春去夏犹清。
天意怜幽草，人间重晚晴[2]。
并添高阁迥，微注小窗明。[3]
越鸟巢干后，归飞体更轻。[4]

---

1. 俯夹城：俯瞰桂林城边的夹城。夹城，两边筑有高墙的通道。
2. 晚晴：傍晚雨晴。
3. “并添”二句：“晚晴”时的阳光，让高处的阁楼显得更加遥远，让小小的窗子又多了一分光明。
4. “越鸟”二句：鸟巢晾干之后，鸟儿飞回来的动作也显得更为轻快了。越鸟，指南方的鸟。《古诗十九首》有“越鸟巢南枝”之句。

席上作

桂林妓席所作。

“一生唯事楚襄王”是作者的自嘲，也几乎是他一生创作的写照。

淡云轻雨拂高唐[1]，玉殿秋来夜正长。

料得也应怜宋玉[2]，一生唯事楚襄王。

1. 高唐：楚襄王在此处梦到了巫山神女。
2. 宋玉：楚襄王身边的文学侍从。

端居[1]

李商隐在桂林思念妻子所作。

远书归梦两悠悠，只有空床敌素秋。

阶下青苔与红树，雨中寥落月中愁。

1. 端居：平居，闲居。

访秋

得江山之助，措辞奇警，在晚唐五律中很特别。

酒薄吹还醒，楼危望已穷。
江皋当落日，帆席见归风。
烟带龙潭白，霞分鸟道红。
殷勤报秋意，只是有丹枫。

桂林路中作

入幕桂林后，秋季出差途中所作。

李商隐入幕桂林是无奈之举，所以对“桂林山水”颇为排斥，下笔颇为寂寥。这种清冷的感觉，有点像贾岛，但没有那么冷僻，这就是所谓的“晚唐体”。

即使是李商隐这样以浓艳著称的诗人，实际上也是写过不少“晚唐体”的山水诗的，这就是时代风气影响的结果。

地暖无秋色，江晴有暮晖。

空余蝉嘒（huì）嘒[1]，犹向客依依。

村小犬相护，沙平僧独归。

欲成西北望，又见鹧鸪飞。

1. 嘒嘒：蝉鸣声。

夜半

似乎是在南方的孤眠夜晚。

三更三点[1]万家眠，露欲为霜月堕烟[2]。
斗鼠上堂蝙蝠出，玉琴时动倚窗弦。

1. 三更三点：三更与四更之间，即深夜。
2. 月堕烟：月亮好像落入了朦胧的烟雾中。

北楼

在桂林过年时思念家乡所作。
桂林地处南方，四季不分明，冬天也不是特别冷，但在李商隐眼中，这反而令他伤感。

春物岂相干，人生只强欢。
花犹曾敛夕[1]，酒竟不知寒。
异域[2]东风湿，中华[3]上象宽[4]。
此楼堪北望，轻命倚危栏。

1. 敛夕：到了傍晚就收拢起来。
2. 异域：边远地区。这里指桂林。
3. 中华：指中原地区。
4. 上象宽：风景壮丽，物产丰富。

楚吟

自桂林东归长安时路过江陵，怀古之作。

山上离宫宫上楼，楼前宫畔暮江流。

楚天长短[1]黄昏雨，宋玉无愁亦自愁。

1. 长短：来回，总是。

过楚宫

在幻梦中感受过美好，就会有常人不能理解的执念。

巫峡迢迢旧楚宫，至今云雨[1]暗丹枫。
微生[2]尽恋人间乐，只有襄王忆梦中。

1. 云雨：楚襄王梦到的巫山神女，自称早上化作云，晚上化作雨。
2. 微生：普通人。

楚泽

桂林归途中所作。颔联是晚唐体的风景描写，细腻但不特别苦涩。颈联写自己在哪里都干不长。

夕阳归路后，霜野物声干。

集鸟翻渔艇，残虹拂马鞍。

刘桢[1]元抱病，虞寄[2]数辞官。

白袷经年卷，西来[3]及早寒。

1. 刘桢：建安七子之一，曾于病中作诗。
2. 虞寄：梁陈名士，志在隐逸，多次因与统治者意见不同而辞官。
3. 西来：从桂林回长安。

陆发荆南始至商洛

从江陵出发，路过商洛。
中间两联句法精巧，引发了不少讨论。

昔去真无素[1]，今还岂自知。
青辞木奴[2]橘，紫见地仙芝[3]。
四海秋风阔，千岩暮景迟。
向来忧际会，犹有五湖期[4]。

---

1. 无素：没有交情。李商隐虽投奔郑亚，却与之并无故交。
2. 木奴：即橘。东吴李衡谓橘树有如奴仆，可供人衣食。
3. 地仙芝：地仙指商山四皓。传说修道达到一定境界，就会有神鸟衔来灵芝。
4. 五湖期：归隐的约定。范蠡归隐后泛舟于五湖。

骄儿诗

写自己的儿子，受到左思《娇女诗》、陶渊明《责子》的影响。
言辞中透露出对儿子的喜爱、器重。篇尾劝儿子不要再习文学，不如学习兵法，可能会派上用场。
李商隐作品中少有的朴素平易的五言古诗。

衮师我骄儿，美秀乃无匹。
文葆未周晬（zuì），[1] 固已知六七[2]。
四岁知姓名，眼不视梨栗。
交朋颇窥观，[3] 谓是丹穴物[4]。
前朝尚气貌，流品[5]方第一。
不然神仙姿，不尔燕鹤骨。
安得此相谓，欲慰衰朽质。[6]
青春妍和月，朋戏浑甥侄。[7]

---

1. “文葆”句：文葆，绣花的襁褓。周晬，即周岁。
2. 六七：与下文的“梨栗”均反用陶渊明《责子》，意谓衮师从小就很聪明，不会像陶渊明《责子》诗中写得那样愚笨。
3. “交朋”句：我的朋友们都来探望。
4. 丹穴物：指凤凰。
5. 流品：六朝的九品中正制把人才分成不同的等级　其中很重要的依据就是人的相貌气质。
6. “安得”二句：意谓朋友们这么说，只是为了安慰衰老的我罢了。
7. “朋戏”句：指孩子与堂兄弟、表兄弟一起游戏，不分彼此。

绕堂复穿林，沸若金鼎溢。
门有长者来，造次请先出。
客前问所须，含意不吐实。
归来学客面，闔（wěi）败[1]秉爷笏。
或谑张飞胡，或笑邓艾吃。[2]
豪鹰毛崱（zè）屴（lì）[3]，猛马气佶（jí）傈（lì）[4]。
截得青筼（yún）筜（dāng）[5]，骑走恣唐突。
忽复学参军，按声唤苍鹘[6]。
又复纱灯旁，稽首礼夜佛。
仰鞭罥蛛网，俯首饮花蜜。
欲争蛱蝶轻，未谢柳絮疾。
阶前逢阿姊，六甲颇输失。[7]
凝走弄香奁，拔脱金屈戌[8]。

---

1. 闔败：破门而入。闔，开门。
2. “或谑”二句：张飞胡，胡子多得像张飞。邓艾吃，口吃得像邓艾。
3. 崱屴：高耸的样子。
4. 佶傈：健壮的样子。
5. 筼筜：竹子。
6. 苍鹘：参军和苍鹘是参军戏中的一对角色。
7. “六甲”句：谓玩双陆游戏而不能取胜。
8. 屈戌：盒子上的合页。

抱持多反侧，威怒不可律。

　　　　　　kè

曲躬牵窗网，衉唾拭琴漆。

有时看临书，挺立不动膝。

古锦请裁衣，玉轴亦欲乞。

请爷书春胜，春胜宜春日。

芭蕉斜卷笺，辛夷低过笔。

爷昔好读书，恳苦自著述。

憔悴欲四十，无肉畏蚤虱。

儿慎勿学爷，读书求甲乙。

穰苴司马法，张良黄石术。[1]

便为帝王师，不假更纤悉。

况今西与北，羌戎正狂悖。

诛赦两未成，将养如痼疾。

儿当速成大，探雏入虎穴。

当为万户侯，勿守一经帙。

---

1. “穰苴”二句：穰苴是春秋齐国军事家，出任大司马。张良是亡秦兴汉过程中的军事家，传说他曾从仙人黄石公那里获得兵法。此句指兵法。

哭刘蕡[1]

哀悼一位亦师亦友、含冤而逝的前辈。

上帝[2]深宫闭九阍[3]，巫咸[4]不下问衔冤。
黄陵别后春涛隔，湓浦[5]书来秋雨翻。
只有安仁[6]能作诔[7]，何曾宋玉解招魂。
平生风义兼师友，不敢同君哭寝门[8]。

1. 刘蕡：曾为令狐楚表荐，接近牛党。年纪较李商隐为长，而与李商隐交往甚多。为小人排挤而终。
2. 上帝：天帝。
3. 阍：天宫的大门。
4. 巫咸：传说中天界的巫师。《楚辞》中记载其曾奉命为屈原招魂。
5. 湓浦：即湓江。暗用白居易《琵琶行》"住近湓江地低湿"。
6. 安仁：西晋文学家潘岳，字安仁，擅长作诔。
7. 诔：祭文的一种体式。
8. 哭寝门：按《礼记》的要求，哭老师在寝室之内，哭朋友在寝门之外。

伤悼之诗

（四十至四十四岁）

妻子去世不久，李商隐就到蜀中入幕，他的哀痛之诗大多作于蜀中

房中曲

齐梁体，悼亡之辞。可能作于王氏新丧之时。

蔷薇泣幽素，翠带花钱小。
娇郎痴若云，抱日西帘晓。
枕是龙宫石，割得秋波色。[1]
玉簟失柔肤，但见蒙罗[2]碧。
忆得前年春，未语含悲辛。
归来已不见，锦瑟[3]长于人。
今日涧底松[4]，明日山头檗(bò)[5]。
愁到天池翻，相看不相识。

---

1. “娇郎”四句：谓幼子抱着母亲的枕头入睡，如云抱日。
2. 蒙罗：蒙在席子上的织物。
3. 锦瑟：或是亡妻遗物。
4. 涧底松：借用古语，写送葬。
5. 山头檗：借用古语，设想失去妻子后自己的痛苦。檗，黄柏。

悼伤后赴东蜀辟至散关遇雪

作者在妻子去世后到四川去做幕僚，路上下了雪，写下了这首诗。

剑外从军远，无家与寄衣。

散关三尺雪，回梦旧鸳机[1]。

1. 鸳机：装饰有鸳鸯图案的织布机，指亡妻的织布机。

利州江潭作

悼亡之后的赴任途中，李商隐路过利州，传说这里是武则天的母亲受孕的地方。

神剑飞来不易销，[1] 碧潭珍重驻兰桡（ráo）。[2]
自携明月移灯疾，欲就行云散锦遥。
河伯轩窗通贝阙，[3] 水宫[4]帷箔卷冰绡[5]。
他时燕脯[6]无人寄，雨满空城蕙叶凋。

---

1. “神剑”句：神剑一旦出来，就很难被消灭。意谓出现武则天这样的人物是必然的。
2. “碧潭”句：在号称是武则天故迹的水潭边，我很认真地停下了船。兰桡，船的美称。
3. “河伯”句：河伯，即河神。轩窗，窗户。贝阙，用贝壳装饰的门。
4. 水宫：水中的宫殿。
5. 冰绡：水中的鲛人所织的薄纱。
6. 燕脯：传说中，龙喜欢吃燕肉。这里的“龙”是指生于水边而做了皇帝的武则天。此句指武则天已无人祭祀。

杜工部蜀中离席

这首诗是模拟杜甫之作，假装自己是杜甫，设想他在漂泊四川时，出席了不愉快的宴会，半路离席写的。这种设想符合杜甫的性格。

事实上，应该是李商隐自己在四川做幕僚时遇到了不愉快的宴会，半路跑出来，想象自己是杜甫，然后写了这首诗。

杜甫在蜀中时唐朝受到吐蕃威胁，李商隐在四川时唐朝受到党项人威胁，四川的驻军都是很紧张的。当时，李党主战，牛党主和，李商隐可能在席间听到了不愉快的谈话。

此外，李商隐还没有从悼亡的哀痛中走出来。看着满座话不投机的同事，他不禁又想到了亡妻，也许她才是自己唯一的知己。

人生何处不离群，世路干戈惜暂分。

雪岭未归天外使，[1] 松州犹驻殿前军。[2]

座中醉客延[3]醒客，江上晴云杂雨云。

美酒成都堪送老，当垆[4]仍是卓文君。

---

1. “雪岭”句：越过雪山去与吐蕃谈判的使者还没有回来。
2. “松州”句：松州为唐蕃交战前线，其驻军被皇帝收为殿前军，受到优待。
3. 延：请，劝。
4. 当垆：卖酒。传说才女卓文君曾在成都卖酒。她欣赏丈夫司马相如的才华，是丈夫的知己。

韩冬郎即席为诗相送，一座尽惊。他日余方追吟“连宵待坐徘徊久”之句，有老成之风，因成二绝寄酬，兼呈畏之员外

冬郎就是韩偓，李商隐的外甥，王茂元的外孙。因为生在冬天，所以叫冬郎。韩偓十岁时就会写诗，李商隐写了这首诗送他。韩偓长大后，成为唐末朝廷的支柱，同时也是晚唐齐梁体的殿军，所以这首诗也显得格外有意义。《红楼梦》中的北静王曾经用最后一句形容贾宝玉，被批书人称为“西昆体”。

十岁裁诗[1]走马成[2]，冷灰残烛动离情。

桐花万里丹山路，雏凤清于老凤声。

---

1. 裁诗：作诗。
2. 走马成：跑着马就能写成，形容作诗之迅速。

七夕

又是一年七夕，李商隐又想起了亡妻。
都说牛郎织女每年只见一面，很可怜。可是他们不会死，每年都能见上一面。我要是也能每年再见我的妻子一面，该多好啊。
可惜，凡人是会死的，我们只有绵绵无绝期的痛苦。
这首诗启发了秦观的“两情若是久长时，又岂在朝朝暮暮”。“久长”是指生命的久长。

鸾扇斜分凤幄开，[1] 星桥横过鹊飞回。
争将世上无期别，换得年年一度来。

1. “鸾扇”句：唐人结婚有“却扇”的习俗 即一直用扇子遮着脸，入洞房才拿开。凤幄开，拉开床幔。这是在想象牛郎织女相会的场景。

壬申闰秋题赠乌鹊

这年竟有两个七夕，诗人难免要伤感两次了。
李商隐想，妻子如果能像织女一样，一年出现一次，那么两个七夕也好，就能见两面了。

绕树无依[1]月正高，邺城[2]新泪[3]溅云袍。
几年始得逢秋闰[4]，两度填河莫告劳。

1. 绕树无依：曹操有“月明星稀，乌鹊南飞。绕树三匝，何枝可依”之句。
2. 邺城：曹操曾在邺城会集文士。
3. 新泪：古人的旧句又增添了新的伤感。
4. 秋闰：这一年是闰七月，有两个七夕。

银河吹笙

凄美的意境。颈联不用典故，体物深细。

怅望银河吹玉笙，[1] 楼寒院冷接平明。[2]

重衾幽梦他年断，别树羁雌[3] 昨夜惊。

月榭故香因雨发，风帘残烛隔霜清。

不须浪作缑(gōu)山[4] 意，湘瑟[5] 秦箫[6] 自有情。

---

1. “怅望”句：传说，周灵王的太子晋在缑山吹着笙飞升成仙。这里是想象亡妻如织女一样，在银河的另一端。自己即使像王子晋一样吹起玉笙，也无法飞升。
2. “楼寒”句：实写悼亡的凄凉。
3. 羁雌：失偶的雌鸟。
4. 缑山：太子晋成仙之所。
5. 湘瑟：湘水女神怀念舜帝弹起的瑟。
6. 秦箫：秦国的萧史与弄玉公主吹起的箫。

夜雨寄北

写给北方的家人。
看措词，像是写给妻子的，但此时他的妻子已经不在了。他是不是在跟另一个世界里的妻子说话呢?

君问归期未有期，巴山夜雨涨秋池。
何当[1]共剪西窗烛，却话巴山夜雨时。

1. 何当：什么时候。

即日

悼亡、远游，孤独寂寥。

一岁林花即日休，[1]江间亭下怅淹留。
重吟细把真无奈，已落犹开未放愁。
山色正来衔小苑[2]，春阴只欲傍高楼。
金鞍忽散银壶漏，[3]更醉谁家白玉钩[4]。

---

1. “一岁”句：这一年的野花到今天就落尽了。林花，野花。
2. 衔小苑：形容小庭院在山色的环抱中，好像被山衔在嘴里一样。
3. “金鞍”句：时间到了，友人都骑着骏马散去了。壶漏，古代的计时用具。
4. 白玉钩：饮酒时的游戏用具，参见“隔座送钩春酒暖”。

摇落[1]

在蜀中思念亡妻。辞藻精致，情意哀痛。

摇落伤年日，羁留念远心。
水亭吟断续，月幌梦飞沉。
古木含风久，疏萤[2]怯露深。
人闲始遥夜，地迥[3]更清砧。
结爱曾伤晚，端忧复至今。
未谙沧海路，何处玉山岑[4]。
滩激[5]黄牛[6]暮，云屯[7]白帝阴。
遥知沾洒意，不减欲分襟。

---

1. 摇落：秋天草木零落。
2. 疏萤：稀疏的萤火。
3. 地迥：地方遥远。
4. 玉山岑：仙山的山头。
5. 滩激：滩头流水急促。
6. 黄牛：黄牛峡。其下水路曲折，航船多次转弯，航行很久，还在围着山上状如黄牛的岩石转。
7. 屯：聚集。

忆梅

在天涯怀念故人的怅恨。

定定[1]住天涯，依依向物华。
寒梅最堪恨[2]，长作去年花。

1. 定定：牢牢地、静止不动地。
2. 恨：遗憾。

早起

独眠独醒，再好的风景，和我又有什么关系呢？

风露澹[1]清晨，帘间[2]独起人。
莺花啼又笑，毕竟是谁春。

1. 澹：通“淡”。
2. 帘间：帘子下。

天涯

触目都是伤感。

春日在天涯，天涯日又斜。

莺啼如有泪，为湿最高花。[1]

1. “为湿”句：请为我打湿最高处的花吧。

酬崔八早梅有赠兼示之作

颔联以美男子比喻梅花，十分新奇，可能是文学史上最早的。

知访寒梅过野塘，久留金勒[1]为回肠。
谢郎[2]衣袖初翻雪，荀令[3]熏炉更换香。
何处拂胸资蝶粉，[4]几时涂额借蜂黄。[5]
维摩[6]一室虽多病，亦要[7]天花作道场。

1. 金勒：代指马。
2. 谢郎：南朝刘宋贵族谢庄有一次衣袖上落满了雪花，姿容美丽，大臣们为此赋诗。
3. 荀令：汉末名臣荀彧喜欢为衣物熏香。
4. “何处”句：传说蝴蝶交配后就会褪去蝶粉，唐代女性又会在皮肤上涂抹类似蝶粉的香粉。此处用涂抹了香粉的女性比喻梅花的花瓣。
5. “几时”句：传说蜜蜂交配后就会褪去蜂黄，唐代女性又会在额头上涂抹类似蜂黄的黄色颜料。此处用女性额上的黄色颜料比喻梅花的花蕊。
6. 维摩：即维摩诘，佛经上的居士。他生病时，来探望他的天女在他的病室中散花。
7. 要：需要。仄声，不可通“邀”。

春深脱衣

pì nì
睥睨[1]江鸦集，堂皇[2]海燕过。

减衣怜蕙若[3]，展帐动烟波。

日烈忧花甚，风长奈柳何。

陈遵[4]容易学，身世醉时多。

---

1. 睥睨：城头用来瞭望敌军的装置，这里指城头。
2. 堂皇：大的厅堂。
3. 蕙若：佩戴在衣服上的香草。
4. 陈遵：汉代名士，好酒，每每召集宾客痛饮，都会挽留他们，不许离开。

高花

我很穷，我的墙很矮，不像宋玉和“东家之子”之间的墙那么高，高处的花可以不费力气地俯视我。可就是这样，她也不肯多看我一眼。

只是生活中的小情趣，游戏之作，不必附会男女情爱。

临江、墙低，似是蜀中的房屋特点。

花将人共笑，篱外露繁枝。

宋玉临江宅，墙低不拟窥。[1]

---

1. “宋玉”二句：反用“东家之子”的典故。“东家之子”爱慕宋玉，在墙头上看了他三年。这里李商隐说，我的墙这么低，你却不肯看我。

残花

中年悼亡之作，因忧伤而衰老。
《红楼梦》中提及末句，即为宝钗守寡之兆。

残花啼露莫留春，尖发[1]谁非怨别人。
若但掩关[2]劳独梦，宝钗何日不生尘。

1. 尖发：即秃发、秃头，同“尖头”。唐人称首句不入韵的律诗为“尖头律”。此处以落花比喻落发。人的头发脱落是因为怨别，难道花也是吗？故末句言及宝钗闲置生尘。
2. 掩关：关门。

锦瑟

追忆一生的情感经历，或谓为悼亡之作。

锦瑟无端五十弦，[1] 一弦一柱思华年。
庄生晓梦迷蝴蝶，[2] 望帝春心托杜鹃。[3]
沧海月明珠有泪，[4] 蓝田日暖玉生烟。[5]
此情可待[6]成追忆，只是当时已惘然。

1. “锦瑟”句：传说中黄帝的瑟有五十弦。
2. “庄生”句：庄周说自己梦中变成了蝴蝶，醒来后一时不知是庄周刚才梦见自己变成了蝴蝶，还是蝴蝶现在梦见自己变成了庄周。形容爱情初生时的朦胧。
3. “望帝”句：古蜀国的皇帝杜宇死后变成了杜鹃，终日哀鸣啼血，已忘记了自己曾经是皇帝。形容爱情胶着时的坚守。
4. “沧海”句：传说海中鲛人的眼泪可以变成珍珠。形容爱情遇变故时的悲伤。
5. “蓝田”句：传说蓝田美玉在阳光的照射下，会产生若有若无的烟气。形容爱情结束时的亦真亦幻。
6. 可待：哪里需要等到。

无题

写对一个女子的苦苦思恋。这种感情对人的触动，已经超越了爱情。这种不死不休的思恋，或许也是以亡妻为对象的。

相见时难别亦难，东风无力百花残。
春蚕到死丝[1]方尽，蜡炬成灰泪始干。
晓镜但愁云鬓改，夜吟应觉月光寒。
蓬山[2]此去无多路，青鸟[3]殷勤为探看。

1. 丝：谐音“思”。
2. 蓬山：传说中的蓬莱仙山。
3. 青鸟：传说中西王母的使者。

河阳[1]诗

在蜀中怀念亡妻。可看出李贺的影响，但声律又较李贺更为齐整，接近初唐。

河阳为李商隐与王氏长期共同生活的地区，也是王氏葬身之处。

黄河摇溶[2]天上来，玉楼影近中天台。[3]

龙头泻酒客寿杯，主人浅笑红玫瑰[4]。

梓泽[5]东来七十里，长沟复堑埋云子[6]。

可惜秋眸一脔(luán)[7]光，汉陵走马黄尘起。

南浦老鱼腥古涎，[8]真珠密字芙蓉篇。

湘中寄到梦不到，衰容自去抛凉天[9]。

---

1. 河阳：黄河之北，汉唐山东士族世居于此，在当时是繁荣之地。
2. 摇溶：摇动的样子。
3. “玉楼”句：玉楼、中天之台均为神仙居所。
4. 红玫瑰：红色的美玉。“黄河”四句回忆妻子生前王家宾客满座的幸福生活。
5. 梓泽：即金谷，西晋石崇宴请众文人、举办聚会的地方，亦在河阳。此句言亡妻葬地。
6. 云子：云母，可用作随葬品。“梓泽”四句写妻子去世殡葬。
7. 一脔：一块肉。《庄子·至乐》中说，鲁国国王得到一只海鸟，以最好的礼遇对待它，但海鸟只是悲伤地看着这一切，连一块肉也不肯吃，很快就饿死了。这句是用海鸟比喻妻子早早去世，看着人间富贵却未能享受。
8. “南浦”句：古代传说中，鱼可以帮人寄书信。这里是说，这些鱼不能帮人寄信。涎，这里指鱼身上的黏液。
9. 抛凉天：离开了凉爽的地方，指来到蜀中。这四句写自己流落到南方，写信也无法再让妻子收到。

忆得蛟丝[1]裁小卓[2]，蛱蝶飞回木棉薄。
绿绣笙囊不见人，一口红霞[3]夜深嚼。
幽兰泣露新香死，画图浅缥松溪水。
楚丝微觉竹枝高，半由新辞写绵纸。[4]
巴西夜市红守宫[5]，后房点臂斑斑红。
堤南渴雁自飞久，芦花一夜吹西风。
晓帘串断蜻蜓翼，罗屏但有空青色。
玉湾不钓三千年，莲房暗被蛟龙惜。[6]
湿银注镜井口平，鸾钗映月寒铮铮。
不知桂树在何处，仙人不下双金茎。[7]

---

1. 蛟丝：同鲛丝，这里指丝帕。
2. 卓：通“桌”。裁小卓，在小桌上剪裁。
3. 红霞：晚唐五代女子有嚼红茸的习惯。这四句回叙诗人远赴桂林时，妻子独守空房的情景。
4. “幽兰”四句：谓诗人在蜀中作画、度曲，怀念妻子。
5. 红守宫：传说可以防止女性不贞的药物。“巴西”四句谓诗人孤独地生活在蜀中，看见蜀中风物触景生情。
6. “晓帘”四句：人去楼空的凄凉景象。
7. “湿银”四句：谓妻子不会回来，就像仙人不会下凡一样。双金茎，汉武帝求仙，立仙人承露盘，有两个铜柱，称“双金茎”。

百尺相风[1]插重屋，侧近嫣红伴柔绿。
百劳[2]不识对月郎，湘竹千条为一束。[3]

1. 相风：测风仪。
2. 百劳：即伯劳，鸣禽。汉乐府有“劳燕分飞”的说法，因此伯劳被认为与分离有关。
3. “湘竹”句：湘竹象征泪水，千行泪水只为悼亡一事。这四句写诗人对月怀念妻子。

嫦娥

寂寞的长生，又有什么意思呢？或许是悼亡者特有的感受。

云母屏风烛影深，长河渐落晓星沉。

嫦娥应悔偷灵药[1]，碧海青天夜夜心。

1. 偷灵药：传说嫦娥偷了丈夫后羿的灵药，成仙不死，离开丈夫到月亮上独居。

重过圣女祠

圣女祠中供奉着什么样的仙女，已不可考了。
在神仙故事里，仙女似乎最终总要离去。此时，李商隐是不是又想起了自己的妻子呢？

白石岩扉碧藓滋[1]，上清[2]沦谪[3]得归迟。
一春梦雨常飘瓦，尽日灵风不满旗。
萼绿华来无定所，杜兰香[4]去未移时。
玉郎会此通仙籍，忆向天阶问紫芝[5]。

---

1. 碧藓滋：碧绿的苔藓滋生。
2. 上清：道教传说中的仙境。
3. 沦谪：沦落，贬谪。指神仙下凡。
4. 杜兰香：杜兰香和前文的萼绿华都是传说中下凡成婚后又离去的仙女。
5. 紫芝：紫色的灵芝，被认为是祥瑞的仙草。

华岳下题西王母庙

借周穆王和西王母的故事感叹生命短暂，或与悼亡的情感经验有关。

神仙有分岂关情，八马[1]虚追落日行。

莫恨名姬[2]中夜没，君王犹自不长生。

---

1. 八马：传说周穆王曾驾着八匹骏马探访西王母。
2. 名姬：指周穆王的爱妃盛姬，在随周穆王探访西王母的途中去世。

华山题王母庙

与前诗主题类似。
桑田可以变成沧海，人世间没有什么是长久不变的。

莲华峰下锁雕梁，此去瑶池地共长。
好为麻姑[1]到东海，劝栽黄竹[2]莫栽桑。

1. 麻姑：传说中的长寿仙女，自称曾多次看见沧海变成桑田。
2. 黄竹：本为周穆王所作的歌辞，这里借作植物名，与“桑”相对，代表神仙世界。

瑶池

传说周穆王驾着八匹骏马拉的车，到瑶池见到了西王母，与西王母分离时相约再见，但回来后不久就死了。以上三首，或谓讽刺唐武宗，然玩其辞意，生命感叹多于政治讽刺。

瑶池阿母绮窗开，黄竹歌声动地哀。
八骏日行三万里，穆王何事不重来。[1]

1. “穆王”句：周穆王曾向西王母许诺，三年后会再来，但因去世未能成行。

石榴

多子和长生，哪个更好一点呢？
或是夏季所作。

榴枝婀娜榴实繁，榴膜轻明榴子鲜。
可羡[1]瑶池碧桃树，碧眉红颊一千年。

1. 可羡：是否羡慕。

感发之诗

（四十五至四十七岁）

四十七岁那年，他辞去了官职，不久就离开了人世

蝉

以蝉起兴，借蝉自嘲。

本以高难饱，徒劳恨费声。
五更疏欲断，一树碧无情。
薄宦[1]梗犹泛[2]，故园芜已平。
烦君最相警，我亦举家清[3]。

1. 薄宦：小官。
2. 梗犹泛：像桃梗漂在水上。
3. 举家清：全家清贫，空无一物。

流莺

一生漂泊、无人援引的感慨。

流莺漂荡复参差，渡陌临流不自持。
巧啭（zhuàn）[1]岂能无本意，良辰未必有佳期。
风朝露夜阴晴里，万户千门开闭时。
曾苦伤春不忍听，凤城[2]何处有花枝。

---

1. 巧啭：巧妙的叫声。
2. 凤城：弄玉吹箫引凤的地方。

柳

如同自己的人生，曾经得意，却难免有失意的一天。

曾逐东风拂舞筵，乐游春苑断肠[1]天。
如何肯到清秋日，已带斜阳又带蝉。

1. 断肠：犹言“销魂”，极度快乐。

乱石

身处晚唐，上升之路障碍重重。回首人生，感慨无限。

虎踞龙蹲纵复横，星光渐减雨痕生。
不须并碍东西路，哭杀厨头阮步兵[1]。

1. 阮步兵：即阮籍，曾因步兵厨有好酒，求为步兵校尉。阮籍曾驾车出行，到无路可走之处，则恸哭而返。

宫辞

人生的感慨，不限于宫女，只是以宫女做比兴。

君恩如水向东流，得宠忧移[1]失宠愁。

莫向尊前奏花落，凉风只在殿西头。

1. 忧移：担心失去。

槿花

以槿花起兴，感叹生命短暂，非咏槿花。将槿花比作宫女，也非宫词。生命如此短暂，荣宠富贵又都算得了什么呢？

风露凄凄秋景繁，可怜荣落[1]在朝昏。
未央宫里三千女，但保红颜莫保恩。

1. 荣落：开落。

东阿王[1]

曹丕、曹植的兄弟恩怨似乎影射令狐绹与李商隐的兄弟恩怨，曹操的遗憾也是令狐楚的遗憾。

“赋洛神”或指文学才华，未必与甄后的传说有关。

李商隐一生沉沦下僚，无论是令狐楚还是王茂元，都未能给他提供实质性的帮助。除了晚唐进身艰难以外，李商隐的文学才华势必令他供职的幕府苦苦挽留他，或许这也是一个原因。晚唐的文人多有贪恋幕府待遇而放弃入朝为官的，这也是晚唐朝廷失去向心力的一个表现。

国事分明属灌均，西陵[2]魂断夜来人。

君王[3]不得为天子，半为当时赋洛神[4]。

---

1. 东阿王：曹植在曹丕称帝后的封号之一。
2. 西陵：曹操的陵墓。此句意谓曹丕、曹植的表现令曹操的亡魂失望。
3. 君王：指曹植。亲王亦可称为“君王”。
4. 赋洛神：写《洛神赋》。

深宫

借宫词题材，写命运对自己的捉弄。

金殿销香闭绮栊，玉壶传点咽铜龙。[1]
狂飙不惜萝阴薄，清露偏知桂叶浓。
斑竹岭边无限泪，景阳宫里及时钟。[2]
岂知为雨为云处，只有高唐十二峰。

---

1. “玉壶”句：玉壶，计时用的漏刻。这里说其壶身以玉制成，上面装饰着铜制的龙，极言其华贵。
2. “景阳”句：南齐武帝在景阳楼上设钟鼓，为宫人报时。

无题二首　其二

此诗以独居女性自喻，写自己一生的不得志。

重帏深下莫愁堂，卧后清宵细细长。
神女生涯元是梦，小姑居处本无郎。[1]
风波不信[2]菱枝弱，月露谁教桂叶香。
直道相思了无益，未妨惆怅是清狂。

---

1. “小姑”句：南朝乐府有“小姑所居，独处无郎”。“小姑”即青溪小姑，六朝传说中的少女神，传说她曾经选凡间男子为伴侣。
2. 信：放任，顺着。

有感

仿佛是李商隐自己在向读者解释：不要对我写的每一句诗、用的每一个词求之过深。

非关宋玉有微辞，却是襄王梦觉迟。

一自高唐赋成后，楚天云雨尽堪疑。

乐游原[1]

似是生命将尽时的无奈，又透露出晚唐的气数。
李商隐有三首《乐游原》诗，分别为五律、七绝和五绝，五绝是最为精炼的，广为流传。

向晚意不适，驱车登古原。
夕阳无限好，只是近黄昏。

1. 乐游原：长安附近的游玩之地。

风雨

似是晚年境况。颔联有韵致。

凄凉宝剑篇[1]，羁泊[2]欲穷年[3]。
黄叶仍风雨，青楼自管弦。
新知遭薄俗，旧好隔良缘。
心断新丰酒[4]，消愁斗几千。

1. 宝剑篇：初唐将领郭震进献给武则天的诗篇，写到宝剑被抛弃闲置的凄凉。
2. 羁泊：羁旅漂泊。
3. 穷年：人生走到尽头。
4. 新丰酒：初唐名臣马周未发达时，在新丰饮酒，受到冷遇。

池边

寒冷的冬天，行为却很孩子气；温暖的春日，却生出莫名的感伤。回首人生的感慨。

玉管葭灰细细吹，[1]流莺上下燕参差。

日西千绕池边树，忆把枯条撼雪时。

---

1. “玉管”句：谓时令变更。

木兰花

在笔记小说中，这首诗是李商隐的亡魂所作。
诗的构思很有趣，天天坐着木兰舟，看着岸边的木兰花，没想到这是同一种东西。
不过，这个构思略有鬼气，有点已成异物而不自知的感觉，所以才会被志怪小说附会。

洞庭波冷晓侵云，日日征帆送远人。
几度木兰舟上望，不知元是此花身。

张一南

北京大学文学博士，

现为北京大学中文系助理教授、研究员，

从事中国古代文学研究及教学。

想了解更多关于诗人的有趣故事

打开微信“扫一扫”添加小助理

邀请你进入【张一南陪你读诗词】微信群

李商隐集

产品经理｜扈梦秋　书籍设计｜郑力珲　责任印制｜刘世乐

产品总监｜来佳音　技术编辑｜丁占旭　出 品 人｜于　桐

图书在版编目（CIP）数据

李商隐集 /（唐）李商隐著；张一南编校. -- 济南：山东文艺出版社，2021.6
ISBN 978-7-5329-6374-4

Ⅰ. ①李… Ⅱ. ①李… ②张… Ⅲ. ①唐诗一诗集 Ⅳ. ① I222.742

中国版本图书馆 CIP 数据核字（2021）第 060994 号

李商隐集

LI SHANGYIN JI

〔唐〕李商隐 著　张一南 编校

主管单位　山东出版传媒股份有限公司
出版发行　山东文艺出版社
社　　址　山东省济南市英雄山路 189 号
邮　　编　25002
网　　址　www.sdwypress.com

读者服务　0531-82098776（总编室）
　　　　　0531-82098775（市场营销部）
电子邮箱　sdwy@sdpress.com.cn

印　　刷　北京盛通印刷股份有限公司
开　　本　787mm×1092mm　1/32
印　　张　6
印　　数　1—7,500
字　　数　120 千字
版　　次　2021 年 6 月第 1 版
印　　次　2021 年 6 月第 1 次印刷
书　　号　ISBN 978-7-5329-6374-4
定　　价　36.00 元